AF388038

@DION.SCHREIBT

DION WUSSOW-BAUMGART

LIES MICH,

WENN ES DUNKEL WIRD!

GESCHICHTEN AUS DEM ZWIELICHT

THRILLER UND PHANTASTIK

Bibliographische Informationen der Deutschen Nationalbibliothek:
Die Deutsche Nationalbibliothek verzeichnet diese Publikation in
der Deutschen Nationalbibliografie; detaillierte bibliografische Da-
ten sind im Internet über http://dnb.dnb.de abrufbar.

Die automatisierte Analyse des Werkes, um daraus Informationen
insbesondere über Muster, Trends und Korrelationen gemäß
§44b UrhG („Text und Data Mining") zu gewinnen, ist untersagt.

Lektorat: Lars Baumgart
Korrektorat: Lars Baumgart & Birte Reymann-Baumgart
Covergestaltung & Linolschnitt: Dion Wussow-Baumgart

Verlag: BoD · Books on Demand GmbH, Überseering 33,
22297 Hamburg, bod@bod.de
Druck: Libri Plureos GmbH, Friedensallee 273, 22763 Hamburg

ISBN: 978-3-8192-1305-2

Ich danke meiner Frau, meinen Eltern, Lara, Lena und Lars für das Probe- und Korrekturlesen.

INHALT

KLEINES VORWORT

Liebe Leserin, lieber Leser,

düstere Literatur ist etwas ganz Sonderbares und hatte auf mich stets eine hohe Anziehungskraft – ich hörte bereits als Kind Hörspiele von Poes «Der Mahlstrom» oder «Die Musik des Erich Zann» von Lovecraft. Als ich dann vor einiger Zeit über den mir unbekannten Autor Frédéric Boutet stolperte, war ich direkt gefesselt von der mystisch, schaurigen Stimmung seiner Geschichten, weshalb ich mich in die phantastische Literatur vertiefte.

Auf diese Weise lernte ich die Phantastik als etwas Einzigartiges kennen, denn sie schafft es, dass in ihr die Grenzen der Fantasie und der Wirklichkeit vor den Augen und in den Köpfen der Leserinnen und Leser verschwimmen. Doch während das auch andere Bücher anderer Genres fertigbringen, nehmen uns diese Geschichten oftmals direkt mit und lassen uns als Wegbegleiter der Protagonisten diesen Grenzbruch hautnah miterleben. Sie zwingt uns, das Unbekannte auszuhalten, Rationalität als relativ zu sehen und Leerstellen zu akzeptieren. Phantastik ist pure Subjektivität – das macht sie so besonders.

Begonnen habe ich meinen Weg der Lektüre bei E.T.A. Hoffman und nahm den Pfad über Hanns Heinz Ewers und Karl Hans Stobl, die beide aufgrund ihrer NS-Vergangenheit leider nicht ganz unbeschwert zu lesen sind. Nach einem Umweg vorbei an Arthur Schnitzler, der mehr psychologisch als phantastisch ist, kam ich vorüber an Heinrich Seidels «Der Hexenmeister», besuchte einige Kurzgeschichten Leo van Bruhls und landete schließlich bei Alfred Kubins «Die andere Seite». Einflüsse all dieser Autoren lassen sich sicherlich in diesem Band wiederfinden.

Da sich die Begriffe des «Horrors» und der »Gruselgeschichte» nicht so recht auf dieses eigentümliche Genre anwenden lassen und der Name «Phantastik» wohl mehr Fragezeichen als Verständnis hervorzubringen vermag, denke ich, dass das Genre des Thrillers am ehesten beschreibt, was dieses kleine Buch enthält. Wobei ich hinzufügen möchte, dass ich mir darüber bewusst bin, dass der Thriller eher den Krimi meint – den sucht man hier vergebens.

Die Geschichten erzählen von Menschen in geistigen Ausnahmezuständen. Vom Verlust der Selbstwahrnehmung, dem Bezug zur Wirklichkeit, dem inneren Konflikt zwischen Selbstbild und den eigenen Trieben. Die Geschichten sind bedrückend, bildlich und oftmals klaustrophobisch.

Sich der Tradition der aufgeführten Autoren anschließend, sind die Handlungen dieser Geschichten in der ersten Hälfte des 20. Jahrhunderts zu verorten. Ursprünglich war geplant, die Geschichten in eine Rahmenhandlung um die Figur Heinz Heinrich Dieks herum zu schreiben. Die Rahmenhandlung wurde gestrichen, die Kurzgeschichte über Dieks nicht.

Und nun genug der einführenden Worte.

Ich wünsche viel Freude beim Lesen!

Das Geräusch von Licht

Ich war nur ein einfacher Anwaltsassistent, der selten Post erhielt. Doch an diesem Abend war das anders. Als ich im Dunkeln heimkam, wurde ich im Hausflur von einer fremden jungen Dame begrüßt. Hastig huschte sie dankend an mir vorbei durch die Eingangstür, die ich ihr offenhielt. Sie schien sichtlich darum bemüht, dass ich ihr hübsches Gesicht nicht sah. Weshalb sie das tat, war mir schleierhaft, denn sie war mir unbekannt. In Gedanken noch bei der jungen Frau betrat ich aus dem Treppenhaus meine Etage, öffnete meine Wohnungstür und fand hinter ihr zwei Briefe auf dem Boden liegend. Es waren besondere Briefe, denn sie hätten unterschiedlicher nicht sein können.

Der eine aus schwerem Papier, mit Prägung und feiner Leinentextur. Ein Umschlag, dessen bloße Anschaffung den Wert der Portogebühr bei weitem übersteigen musste. Er wurde mir zugesandt vom Marigoldruh-Hospital. Ein Absender,

der mir nichts sagte und mich stutzig werden ließ, denn mir war gänzlich schleierhaft, was ich mit irgendeinem Krankenhaus zu schaffen hatte. Doch weckte der andere Brief noch mehr mein Interesse. Während meine Haus- und Appartementnummer auf dem teuren Couvert des Marigoldruh in feinsäuberlicher Schrift im satten Königsblau geschrieben stand, fehlten Absender und Adresse auf diesem zweiten Umschlag vollkommen. Anders als sein Artgenosse, war er grau und knittrig, wirkte unbedeutend normal und sogar etwas zu schäbig, als dass er etwas Besonderes enthalten könnte. Doch die Tatsache, dass er vom Absender persönlich in meinen Briefschlitz gesteckt wurde, lud ihn mit Bedeutung auf. Ich rechnete mit dem Schreiben irgendeines Nachbarn, doch wurde ich, nachdem ich ihn öffnete, schnell aufgeregt, als ich am Ende des Briefes die Unterschrift meines Studienfreundes August Liebrecht las.

Das schien nicht zu ihm zu passen. August, der während des Studiums den Beinamen „Der

Penible“ trug, schickte mir in krakeliger Schrift verwischte Zeilen auf mehreren Seiten anderweitig beschriebenen Schmierpapiers. Die Schrift war beinahe nicht lesbar, so unordentlich war der Brief verfasst. Ich setzte mich mit meiner kleinen Schreiblampe an den Küchentisch und begann, das Gekrakel zu entziffern.

Lieber Elias,

wenn dich dieser Brief erreicht hat, bin ich unendlich froh. Es tut mir leid, lieber Freund, dass ich dir erst jetzt schreibe, doch die Vorkommnisse, über die ich dir jetzt berichten werde, hielten mich davon ab, es eher zu tun. Umso mehr schreibe ich dir nun in höchster Dringlichkeit, denn meine Meldung ist längst überfällig. Zudem war es schwierig, hier, weit draußen auf dem Land – beschränkt auf die Dunkelheit meines Zimmers –, an Utensilien zu gelangen, die es einem Blinden erlauben, zu schreiben. Ja, Elias, du liest richtig. Ich bin erblindet.

Es mag dir plötzlich erscheinen, dass ein junger und gesunder Mensch wie ich so unerwartet sein Augenlicht verliert, und lass dir von mir versichern, dass auch ich nichts von der Blindheit ahnte. Kein leises Leiden, keine schleichende Krankheit war mir bekannt, die ich vor dir geheim hielt. Der Grund dafür liegt in dem, was ich dir nun berichten werde. Der Brief ist vermutlich nur schwer lesbar, doch ich bitte dich, ihn dennoch mit großer Sorgfalt zu studieren. Ich verspreche dir, dass alles wahr ist.

Es war vor einigen Wochen, als mein Hausarzt Dr. Jesper mich wegen eines Nervenleidens, das er während einer Routineuntersuchung entdeckt haben wollte, zur weiteren Untersuchung an einen Experten verwies. Dr. Novak war sein Name und seine Wirkungsstätte, von wo aus ich dir diesen Brief schreibe, liegt weit außerhalb der Stadt auf dem Landsitz Marigoldruh. Ich war sehr verwundert, als Dr. Jesper mich drängte, seinen Kollegen aufzusuchen, denn ich fühlte mich in meiner Gesundheit keineswegs beeinträchtigt, doch er versicherte mir, dass dies nur augenscheinlich sei und sie sich bald, sollte ich keine angemessene Behandlung erhalten, zum Schlechten wenden würde.

Beunruhigt, aber dennoch skeptisch, folgte ich also seiner Weisung und schrieb mich bei Dr. Novak ein. Du weißt, wie teuer Ärzte sind, Elias. Teurer noch sind die Fachärzte, weshalb ich nicht einmal damit rechnete, auch nur einen Termin zu bekommen. Doch entgegen meiner Erwartung, fand ich mich bereits wenige Tage später in seiner Stadtpraxis wieder, die er wohl für Sprechstunden in der Stadt zu nutzen pflegte.

Den verschlossenen Arztbrief Dr. Jespers, den ich seinem Kollegen übergab, hatte ich aus Neugierde bereits gelesen, als er mir nach der Routineuntersuchung für kurze Zeit gezeigt wurde. Ich verstand nichts von Medizin, konnte mir aber einige Begriffe merken, notierte sie schnell nach dem Verlassen der Praxis in meinem Heftchen und schlug sie noch am selben Abend in der Universitätsbibliothek im Medizinlexikon nach. Was ich fand, sagte mir nichts. Umso überraschter war ich von der Reaktion des Doktors, der bereits ab der ersten Seite ein großes Interesse an den Werten und Anmerkungen meines Arztes zu haben schien.

„Wie es scheint, Herr Liebrecht, erfordert Ihr Fall eine ausgedehntere Untersuchung, als Dr. Jesper sie durchführen konnte", sagte er nach der Lektüre meiner Akte.

Auf meine Frage, was genau die Befunde denn aussagten, antwortete er nur, dass er das noch nicht mit absoluter Gewissheit sagen könne und mich nicht überflüssigerweise mit voreiligen Spekulationen beunruhigen wolle. Um Gewissheit über meinen Zustand zu bekommen, empfahl er mir die Einquartierung in Marigold, seiner privaten Klinik, wo er mir, so versprach er, sicherlich helfen könne. Als ich erwiderte, dass dies sehr kostspielig klang und ich daran zweifelte, für die Kosten der Behandlung aufkommen zu können, da ich nur das schmale Auskommen eines Anwaltsgehilfen besaß, versicherte er mir, er wolle aufgrund der Ungewöhnlichkeit meines Falles von einer Bezahlung absehen. So lehrreich, wie mein Fall vielleicht sein könnte, sagte er, seien die Erkenntnisse, die er aus der Behandlung zu ziehen hoffte, mehr wert als Geld.

So bezog ich kurz darauf Quartier auf dem schönen Marigoldruh-Landsitz außerhalb der Stadt. Ein schönes, großes Bauwerk, das wohl mal das Jagdschloss irgendeines Adligen war, diente nun Dr. Novak als Behausung und Klinik. Ich bezog mein Zimmer und durfte mich sehr frei im Hause bewegen. Nur einige Bereiche, die nur für medizinisches Personal bestimmt waren, blieben für die Patienten verständlicherweise verschlossen. Schnell lernte ich auf diese Weise verschiedene Klinikbewohner kennen, die wohl ein ähnliches Nervenleiden wie ich diagnostiziert bekommen hatten, auch in etwa in meinem Alter waren und noch keine körperlichen Beschwerden an sich feststellen konnten. Meine Erkrankung schien also kein Einzelfall zu sein. Es befanden sich allerdings auch Patienten mit schweren Leiden in der Klinik, und durch Zufall lernte ich schnell einen von ihnen kennen.

In meiner ersten Woche, als mir die Räumlichkeiten des Hauses noch nicht ganz vertraut waren, betrat ich eines Abends versehentlich das falsche Zimmer. Statt meiner eigenen Tür hatte ich, ohne es zu bemerken, die eines Fremden geöffnet. Nichtsahnend trat ich in den abgedunkelten Raum ein – auch mein Zimmer hatte ich zuvor mit zugezogenen Vorhängen verlassen. Doch ehe ich wie gewohnt die Gardinen zur Seite ziehen konnte, fuhr ich zusammen, als eine Stimme mich aus dem Halbdunkel heraus ansprach. Der Bewohner des Zimmers hatte mich bemerkt. Nachdem ich mich entschuldigt und erklärt hatte, kamen wir in ein kurzes Gespräch. Elias, es war Dietrich – der Sohn deines alten Mentors, Professor Tienhoft.

Er war im Marigoldruh aufgrund einer starken Erkrankung der Sinne. Seine extreme Lichtempfindlichkeit hatte zur Folge, dass er den gesamten Tag in Dunkelheit verbrachte, sodass er es mittlerweile vorzog, am Tag zu schlafen, damit er wenigstens bei Nacht aus dem Fenster sehen konnte. Er sei hier, weil er nach langem Warten nun die Hoffnung auf Besserung durch eine Behandlungsmethode von Dr. Novak hatte. Das Schicksal meines Klinik-Kameraden berührte mich und ich war froh darüber, dass sich meine eigene Erkrankung bis dahin nicht körperlich äußerte.

Nach den ersten Untersuchungen, die schon sehr bald nach meinem Eintreffen begannen, gab Dr. Novak mir Tabletten, die meine Nerven beruhigen sollten. Als ich ihm sagte, dass ich mich aber nicht krank oder angestrengt fühlte, meinte er, dass der Mensch auch nicht alles bemerke, was dem Körper fehlte. Der Autorität des Arztes folgeleistend, nahm ich also nun die Tabletten ein, wie er es verordnet hatte. Ich fühlte mich prompt benommen, schlapp und antriebslos, so als würde sich mein Körper von nun an in einem nur halb wachen Zustand befinden. Müde und erschöpft ging ich stets früh schlafen. Diese Prozedur wiederholte sich die nächsten Tage und ich wurde immer kraftloser.

Meine Erinnerung an diese Tage ist verschwommen, doch ich glaube, es war der vierte

Tag, an dem ich früh zu Bett ging und rasch in tiefen Schlaf verfiel. Doch schreckliche Eindrücke plagten mich. Ich wurde gepackt; grelles Licht; Stimmen und Trubel; alles in der Trübheit meines Schlafes. Ich musste wohl träumen, doch einen solchen Traum hatte ich noch nie erlebt. Ich wurde hin und her gewuchtet. Es schüttelte mich. Panik machte sich in mir breit, während ich nicht in der Lage war, mich zu wehren. Mein taubes Zucken der schweren Gliedmaßen und mein wildes Wälzen fanden nach meinem Kampf gegen die Attacke ein jähes Ende und mich umgab das stille Schwarz.

Als ich in totaler Dunkelheit erwachte, saß der geträumte Angriff tief in meinem Körper. Mein Kopf war schwer und schmerzte so, als habe ihn jemand mit Zement gefüllt und er stünde kurz vor dem Platzen. Meine Augen brannten fürchterlich. Auch mein Rücken war von einem Stechen durchzogen, als steckten tausend heiße Nadeln in ihm drin. Ich schien mich in der Nacht nicht bewegt zu haben. Die Fesseln an meinen Handgelenken bemerkte ich erst, als ich versuchte, mich aufzurichten. Ich wurde panisch, zerrte an den Riemen so stark, wie ich es in meinem schwachen Zustand vermochte. Ich versuchte zu schreien, doch war zu schwach zum Sprechen. Erst jetzt bemerkte ich meinen großen Durst. Mein Mund und meine Kehle waren ausgetrocknet und brannten. Mir war schwindelig. Alles schien sich zu drehen. Mir wurde schlecht. Ich besann mich, dass Panik mir nicht helfen würde und versuchte, ruhig zu atmen.

Dem Gefühl der Angst widerstrebend, kämpfte ich nun gegen den pochenden Schmerz, das Schwindelgefühl und das Drehen in meinem Kopf an, denn ich hatte große Furcht, das Bewusstsein zu verlieren. Ich bemühte mich, meine verkrampften Muskeln zu entspannen und konzentrierte mich darauf, wach zu bleiben. Wie ich nun da lag und mich auf meine Atmung besann, versuchte ich in der Dunkelheit Hinweise herauszuhören, die mir Aufschluss darüber gaben, wo ich mich befand. Zunächst vernahm ich nur das Pochen vom Blut in meinen Ohren, doch war schnell in der Lage, das auszublenden. Es war um mich herum fast ebenso still, wie es dunkel war. Nur ein leises elektrisches Surren lag in der Dunkelheit.

In meiner Überlegung, was dieses Surren sein könnte, fiel mir zunächst elektrisches Licht ein, doch ich verwarf diese Erklärung, denn in dem allumfassenden Schwarz, das mich umgab, konnte es weder hier noch in der Nähe eine Lichtquelle geben. Waren es Messgeräte? Immerhin befand ich mich vermutlich noch in der Klinik. War das vielleicht die Lösung? Gab es vielleicht einen rationalen Grund für meine Lage? Vielleicht hatte sich mein Nervenleiden nun zum ersten Mal auch körperlich bemerkbar gemacht und ich musste behandelt werden.

Erleichtert spürte ich, wie die Angst von meiner Brust glitt. Doch dann setzte das Denken und mit ihm die Sorgen wieder ein. Sollte das stimmen, bedeutete dies, dass ich jetzt auch die befürchteten körperlichen Beschwerden hatte, von denen die Ärzte immer sprachen und um die ich Dietrich noch vor wenigen Tagen bedauert hatte.

Meine gesundheitliche Situation hatte sich also verschlechtert. Aber wieso war ich gefesselt?

So lag ich sorgenvoll in der Dunkelheit, begleitet nur vom leisen Surren, als ich zu meiner Linken das Klacken einer Türklinke hörte. Die Tür schien nur kurz und nicht weit geöffnet worden zu sein, denn sie wurde gleich wieder geschlossen. Fast so als habe jemand nur einen Blick in den Raum geworfen, was ich in Anbetracht der Dunkelheit für merkwürdig hielt.

Was mich allerdings noch mehr beunruhigte, war das Klicken eines Lichtschalters kurz bevor sich die Tür wieder schloss, wodurch das Surren prompt aufhörte. Stammte das Surren also doch von einer Lampe? Ich versuchte, in meiner eingeschränkten Beweglichkeit herauszufinden, ob ich eine Augenbinde trug, und tatsächlich spürte ich beim Bewegen meines Kopfes rauen Stoff, der über meine Ohren ging und schloss daraus, dass es sich um Mull handeln musste, der meine Augen verband. Aber wieso? Hatte mich vielleicht dasselbe Leiden erfasst wie den bedauernswerten Dietrich? Ich spürte, wie erschöpft ich durch diese Vorkommnisse war, und beruhigte mich damit, dass ich jetzt sowieso nichts unternehmen konnte und schlafen sollte. Wenn es stimmte und ich mich in der Klinik befand, wovon ich mittlerweile überzeugt war, bestünde kein Grund zur Sorge. Nach meinem Schlaf würde ich sicherlich mehr erfahren und vielleicht verschwänden dann auch diese unsäglichen Kopfschmerzen.

Der Arzt muss geglaubt haben, dass ich noch schlief, als er mit der Schwester redend mein Zimmer betrat. Beim Hereinkommen sprach er wohl über eine erfolgreiche Operation, sagte, dass alles wie geplant verlaufen sei und alles weitergegeben wurde. Da ich nicht wusste, ob er über mich sprach, hörte ich umso aufmerksamer zu, um vielleicht doch etwas über meinen aktuellen Zustand zu erfahren. Ich versuchte, zu sprechen, doch brachte nur ein schweres Stöhnen zustande. Auf mein Bewusstsein hingewiesen, schien sich der Arzt mir zuzuwenden.

„Guten Tag, Herr… Herr Liebrecht", begrüßte er mich in einem aufgesetzt freundlichen Tonfall.

„Ich bin mir sicher, dass Sie sehr beunruhigt sind wegen der aktuellen Lage, in der Sie sich befinden", fuhr seine Stimme fort, während er von meiner linken auf meine rechte Seite ging.

„Die Fesseln tun mir aufrichtig leid, sie müssen furchtbar unangenehm sein, aber leider sind sie notwendig nach einem solchen Eingriff wie dem Ihrigen. Sie sollen verhindern, dass Sie sich nach dem Erwachen zusätzlich verletzen."

Er trat näher an das Bett heran und schien jetzt auf der Höhe meiner Brust zu stehen. Ich konzentrierte mich auf die Position seiner Stimme und bildete mir kurz ein, ihn schemenhaft ausmachen zu können, was, wie mir bewusst war, in dieser totalen Dunkelheit nur Einbildung sein konnte.

„Ich werde Ihre Fesseln lösen, nachdem ich Sie aufgeklärt habe. Doch ich brauche Ihr Versprechen, dass Sie versuchen, ruhig zu bleiben und nicht hysterisch zu werden. Die Operation, die wir gezwungen waren, an Ihnen durchzuführen, war ein schwieriger Eingriff, der nicht selten bei Patienten panisches Verhalten zur Folge hat. Ich versichere Ihnen, dass es dazu keinen Anlass gibt und Sie in guten Händen sind."

Ich war von Angst erfüllt, doch zugleich froh, von der Ungewissheit über meine merkwürdige Lage erlöst zu werden. Der Arzt erzählte, dass ich in Folge meines Nervenleidens einen Anfall gehabt hätte. Um zu verhindern, dass sich das Leiden auf den gesamten Körper ausweitet, hätte man umgehend operieren müssen – dabei seien mir die Augen entfernt worden.

Mir wurde schlagartig kalt und mein Herz begann zu rasen. Meine Augen – entfernt. Obwohl der Arzt noch weiterredete, hallte nur diese Aussage in meinem Geist: Meine Augen wurden entfernt. Der Arzt redete weiter und mir wurde schwindelig. Meine Augen wurden entfernt. Dumpf drangen seine Worte an mich heran. Mir wurde schlecht. Unter der Bandage, die meine Augen bedeckte, brannten heiße Tränen der Angst und Verzweiflung. In meinen dumpfen Ohren hörte ich mein Blut strömen und das Herz laut schlagen. Aus einer Mischung aus Angst und Wut nahm ich all meine Kraft zusammen und verlangte meinen wunden Stimmbändern krächzende Worte ab.

„Also habe ich keine Augen mehr?", krähte ich das Offensichtliche. Ich wollte es nicht wahrhaben. Ich musste mich verhört haben. In seiner Erklärung unterbrochen durch diese überflüssige Frage, stockte der Arzt kurz, bevor er sie irritiert bejahte. Immerhin hatte er das eben gerade erst gesagt.

„Wie ich merke, sind Sie noch nicht ganz bei sich", schloss er daraus.

„Ich werde später nach Ihnen sehen", sagte er und verließ mich. Hilflos zappelnd und mich verbiegend zerrte ich an den Fesseln, die der Arzt mir nicht abgenommen hatte. In rasender Hilflosigkeit trieben mich Wut und Verzweiflung im sinnlosen Versuch an, mich zu befreien, bis ich schließlich tollwütig grunzte und keuchte wie ein verwundetes Tier in der Falle. Erschöpft sank ich nach meinem Wutausbruch zurück auf das Bett und die Trauer rückte an die Stelle der Wut. Bitter weinend lag ich gefesselt in der Dunkelheit, die von nun an meine Welt sein würde und trauerte meinem Sehsinn nach, durch den ich noch so viel Schönheit in der Welt zu entdecken wünschte.

Auf einmal hörte ich neben mir eine Bewegung und das flache Atmen der Schwester kroch in mein linkes Ohr. Ich hatte sie völlig vergessen und durch meinen Anfall bestimmt verängstigt. Von schlechtem Gewissen erfüllt, versuchte ich zu sprechen, um mich zu entschuldigen, doch stattdessen richtete sie ihr Wort an mich, als ich zum ersten Krächzlaut ansetzte, der ein Wort formen sollte.

„Die Fesseln wird der Arzt bald lösen", begann eine verunsicherte junge Stimme.

„Ich werde ihn bitten, in einigen Stunden nach Ihnen zu sehen."

Sie setzte sich auf meine linke Bettkante auf der Höhe meines Oberarms und schien eine Blechschale vom Tisch neben meinem Bett zu nehmen.

„Erschrecken Sie nicht, ich werde den Verband jetzt wechseln", warnte sie mich behutsam vor und begann mit unsicheren Fingern, den schmutzigen Verband um meinen Kopf abzuwickeln. Der Verband um meine Augenhöhlen war krustig – war das Schorf? Bluteten meine Augenhöhlen? –, sodass sie ihn erst mit Wasser befeuchten musste, um die verstörenden leeren Augenhöhlen nicht zu verletzen. Dieser hingebungsvolle, vorsichtige Akt der Fürsorge rührte mich und spendete mir Trost in meiner verzweifelten Lage. Ich suchte unbedingt den Kontakt zu ihr, also nahm ich meine Kräfte zusammen und presste schmerzhaft einen ganzen Satz aus meiner Kehle.

„Sie … sind noch nicht … lange hier?", keuchte ich, gefolgt vom angestrengten, rasselnden Atem.

„Nein", antwortete sie und ich bildete mir ein, dass ihr meine Frage Unbehagen bereitete. Sie vollendete schweigend und unbeholfen ihr Werk und verabschiedete sich mit dem Versprechen, dem Arzt Bescheid zu geben.

Wie lange ich auf den Arzt wartete, kann ich nicht sagen. In meiner Dunkelheit verlor ich jeden Anhaltspunkt für die Zeit. Kein Ticken einer Uhr, kein Glockenschlag war zu hören, der mir Auskunft geben konnte. Still daliegend gedachte ich all der Dinge, die ich nun nicht mehr imstande war zu tun. Ich würde nie wieder Licht sehen. Nie wieder die Sonne sehen. Nie wieder irgendetwas sehen.

So lag ich in der Dunkelheit und ging düsteren Gedanken nach, bis der Arzt wiederkam und mich nach einem kurzen Gespräch von den Fesseln befreite, und mir die Schwester Suppe und Wasser brachte, die ich noch nicht essen konnte. Zu stark, meinte der Arzt, seien noch die Nachwirkungen der Betäubung und der Operation.

So verliefen von nun an meine Tage, bis ich auf ein anderes Zimmer verlegt wurde. Es musste wohl im belebteren Bereich der Klinik liegen, denn die Stille des ersten Raumes wich den gelegentlichen Lebenszeichen anderer Menschen, die auf dem Flur vor meinem Raum entlang gingen, sich unterhielten oder klappernde Gerätschaften, OP-Wägen und andere Patienten über den Gang schoben. Diese Lebenszeichen anderer Menschen wirkten etwas lindernd auf meine Trauer und Einsamkeit. Schon bald konnte ich Tag und Nacht daran erkennen, welche Schwestern und Ärzte mich besuchten. Die junge Schwester arbeitete in der Nachtschicht.

Allerdings sprach sie nur selten mit mir und antwortete nur sehr knapp, wenn – mittlerweile wieder zu Kräften gekommen – ich sie ansprach. Da ich ihr kein Unbehagen bereiten wollte, tat ich es ihr bald gleich und sprach kaum noch mit ihr, auch wenn ich es gerne getan hätte. Sich jemandem mitzuteilen, vermisste ich in der Einsamkeit fast genauso sehr wie meine Sehkraft.

Ich hörte zwar ab und zu Menschen um mich herum, doch blieb ich selber stets allein. So verbrachte ich meine langen Wachphasen mit mir und meinen Gedanken. Ich fühlte mich allmählich wieder gesund, war sogar schon heimlich einige Schritte gegangen und mittlerweile sogar in der Lage, mich selbstständig in dem kleinen Zimmer zu bewegen. Wenn ich hörte, dass jemand kam, fand ich schnell meinen Weg zurück in das Krankenbett, das ich laut ärztlicher Anweisung nicht verlassen durfte, weshalb große Vorsicht bei meinen heimlichen Zimmererkundungen geboten war, wenn ich nicht meine einzig verbliebene Freiheit verlieren wollte.

Als ich nun so lange Zeit mit Denken verbrachte, begann ich mich immer mehr zu wundern. Ich verstand immer noch nicht, wie meine Augen mit meiner Krankheit, die ich so plötzlich haben sollte, zusammenhingen. Was mir vor einigen Wochen noch als Begründung reichte, war bald ein großes Rätsel für mich. Wieso mussten mir bei einem angeblichen Nervenleiden die Augen genommen werden? Wieso gab mir niemand darüber Auskunft? Was war das für ein Nervenleiden? Wieso durfte ich nicht mit Dr. Novak sprechen, der, wie eine der Schwestern behauptete, nicht im Hause sei, obwohl ich seine Stimme erst vor Kurzem noch auf dem Flur hörte? Wieso wurden meine Augen entfernt? Wieso wurde keine Therapie, oder was auch immer ein Blinder nach dem Verlust seines Augenlichtes bekam, begonnen? Wieso gab mir niemand Auskunft über meinen Gesundheitszustand? Wieso meine Augen? Wieso musste ich erblinden? Wo waren meine Augen?

Je länger ich mich in der umfassenden Dunkelheit befand, desto mehr ergriff sie auch Besitz von meinem Geist. Ich glaubte mittlerweile nicht mehr daran, dass ich hier war, damit man mir helfen konnte. Man hielt mich am Leben. Ich wurde ernährt und meine Wunden vor Entzündungen geschützt, doch niemand wollte mir helfen. Eingesperrt war ich. Gefangen in der Dunkelheit und den vier Wänden des Raums.

Als ich aus purer Aussichtslosigkeit meiner Lage den Mut gefasst hatte und aus meinem Zimmer schlich, wurde ich prompt gefasst und zurück in mein Zimmer gebracht. Die Tür wurde abgeschlossen. Seitdem bin ich vollkommen gefangen. Zu meinem eigenen Schutz, damit ich nicht stürzte, wurde mir gesagt. Ich war nur froh, nicht wieder gefesselt worden zu sein. Die Einsamkeit und Ungewissheit taten mir nicht gut, teilte ich immer wieder den Schwestern und Ärzten mit, doch erhielt nie eine Antwort. Ich musste verstörend auf sie wirken, denn über die Zeit gewöhnte ich mir die merkwürdigsten Eigenheiten an, die mir zumindest einige Zeit lang Beschäftigung in der schwarzen Einöde meiner Wahrnehmung verschafften.

So verbrachte ich Stunden damit, verschiedenste Laute mit meinem Mund nachzumachen, um herauszufinden, wie viele unterschiedliche Töne ich im Stande war, zu imitieren. Auch begann ich das Summen von Melodien. Meine unterforderten Sinne, die mir geblieben waren, flehten nach Befriedigung, doch meine Bitte nach einem Radio wurde mir verwehrt. Je weniger ich mich mit der Welt befassen konnte, die mich umgab, desto mehr befasste ich mich mit meinen Gedanken.

So schwirrten mir mittlerweile immer öfter die Worte im Kopf, die der Arzt beim Betreten meines Zimmers am ersten Tag meiner Blindheit zu der jungen Schwester gesagt hatte. Sie wurden weitergegeben, hatte er gesagt. Erst hatte ich dieser Aussage keine Beachtung geschenkt, doch je länger ich mich an diesen einen Hinweis klammerte, desto eindeutiger wurde er für mich zum Beweis, dass meine Augen damit gemeint sein mussten. Weitergegeben. Irgendwo waren meine Augen. Jemand anderes musste sie haben. Sie wurden mir gestohlen und jemand anderem geschenkt. Oder verkauft? Verzichtete Dr. Novak deswegen auf eine Bezahlung? War Dr. Jesper sein Komplize? War meine Nervenkrankheit nur ein Vorwand, um mich einliefern zu lassen? War ich gar nicht nervenkrank? Wer würde für meine Augen bezahlen? Wer könnte sich das leisten?

Es war mir sehr bald klar, denn durch Zufall standen wir uns bereits gegenüber. Ich hatte dem Menschen bereits ins Gesicht geblickt, mit den Augen, die er zu stehlen beabsichtigte. Mit jedem Mal, das ich diese Beweisführung für mich selbst durchdachte und alle Indizien, die mir blieben, zu verbinden versuchte, wurde mir immer mehr klar, dass der Dieb meiner Augen Dietrich Tienhoft sein musste. Dass ich ihn vorher bemitleidet hatte, machte mich nun krank, denn hatte er jetzt Mitleid mit mir? Er dachte nur an seinen eigenen Vorteil. Er war ein Dieb und ich wollte mir zurückholen, was er mir gestohlen hatte.

Immer schlimmere Gedanken packten mich, gruben sich in meine Schädeldecke. Warum hielten sie mich am Leben? Ging es ihnen nur um meine Augen? Wozu mich leben lassen, wenn sie bereits hatten, was sie von mir wollten? Das passte nicht ins Bild. Das passte nicht zu meiner Lage. Die Erkenntnis traf mich, hatten Novak und Jesper in mir wohl einen lohnenden Spender gefunden. War das der Grund, weshalb sie mich zwangsernährten? Mir den Kontakt zur Außenwelt verbaten? Mich bei Kräften hielten? Meine Lage war aussichtslos und ich war ihnen ausgeliefert. Zu jedem Besuch des Arztes brach bei mir die Panik aus – sie schoben es auf meinen Zustand – ich auf meinen Überlebenstrieb. Ich weiß nicht, wie lange ich noch habe. Ich weiß nicht, was sie noch mit mir planen. Ich fürchte nur, dass ich Marigoldruh nicht überlebe. Ich muss hier weg. Ich brauche Hilfe. Deine Hilfe, Elias!

Um zu erproben, wie ernst meine Gefangenschaft war, wartete ich darauf, dass die junge Schwester in der Nachtschicht meinen Verband wechselte und bat sie darum, einen Brief schreiben zu dürfen. Sie sagte, dass das nicht ginge, erklärte aber nicht weshalb, was mich in meiner Angst bestätigte. Ich hatte mit dieser Antwort gerechnet, weswegen ich nun versuchte, während sie mit dem Verbinden beschäftigt war, den Stift zu erreichen, von dem ich wusste, dass sie ihn bei sich trug, da sie oft Notizen machte, wenn der Arzt da war.

Bevor sie sich auf das Bett gesetzt hatte, legte sie immer ihre Sachen auf den Tisch neben meinem Bett ab, sodass ich nach einer kleinen Ablenkung es schaffte, den Stift zu packen und schnell unter mein Kopfkissen zu schieben. Selten war ich so aufgeregt gewesen wie in diesem Augenblick, denn dass sie nichts bemerkte, erkannte ich nur daran, dass sie weiter meinen Kopf verband. Erst schämte ich mich, die einzige Person bestohlen zu haben, von der ich so etwas wie kalte Zuneigung erhielt, doch schimpfte ich auch sie bald eine genau so große Schurkin wie auch Dietrich Tienhoft, Dr. Novak und Dr. Jesper, denn auch sie war schuld an meiner Lage. Und schlimmer noch. Sie war nicht bereit, mir zu helfen, doch musste sie sehen, wie sehr ich mich quälte. Meine Schuld hielt nicht sehr lange an.

Auf diese Weise gelangte ich mit List an das Schreibwerkzeug, mit dem ich im Stande war, eine Nachricht an die Außenwelt, an dich Elias, zu verfassen. Ich schaffte es immer wieder, Zettel und Blätter von den Blöcken und Ordnern der Schwestern und Ärzte zu schnappen und unter meiner Decke oder dem Kopfkissen zu verstecken, um auf ihnen meinen Brief zu verfassen. Jedes Mal musste ich befürchten, bei dieser ristkanten Aktion entdeckt zu werden und mit meinem Vorhaben aufzufliegen, doch zu meinem Glück kam ich immer damit durch.

Lieber Elias, mein Bericht ist bald vorüber und meine Zeit, die sich zuvor so unerträglich reichlich anfühlte, wird immer knapper. Ich fürchte, dass es bald geschehen wird. Sie lassen mich wieder diese Tabletten schlucken. Ich bitte dich, sollte der Brief dich wie durch ein Wunder erreichen, so rette mich aus dieser Hölle. Ich habe vielleicht nicht mehr lange. Heute Nacht fordere ich mein Schicksal heraus und setze alles auf die junge Schwester. Ich hoffe, an ihr Herz appellieren zu können, damit sie meinen Brief zu den anderen legt, die das Marigoldruh verlassen. Ich habe keine große Zuversicht, denn sie ist genauso schuldig wie alle anderen und wird mich vermutlich verraten, doch ist der Gedanke an eine Rettung durch dich das einzige, das mich nicht verzweifeln lässt, und sie ist mein Weg hier raus. Wenn die Schwester es nicht macht, versuche ich es auf eigene Faust. Zu verlieren habe ich nichts. Mein Leben ist verwirkt, wenn ich hierbleibe. Ich bitte dich, Elias, rette mich!

Dein verzweifelter Freund

August

Im bedrückenden Dunkel meiner nächtlichen Küche saß ich lange schweigend da. Ließ die Zeilen auf mich wirken. Meinen Herzschlag spürte ich in meinen Schläfen, das Herz raste, als drohe mir unmittelbare Gefahr. Ich konnte nicht begreifen, was ich da gelesen hatte. Ich blickte aus dem kleinen Fenster hinaus in die finstere Nacht, doch sah nur mein Spiegelbild in der Scheibe, wie es von der kleinen Lampe auf dem Küchentisch blass beleuchtet wurde. Die Schilderungen meines Freundes machten mir Angst. Ich plante im Kopf die nächsten Schritte. Überlegte, wie ich ihn am besten befreien konnte, bis mir eine plötzliche Erinnerung schleimig, kalt den Nacken herunter geglitten. Es war ein zweiter Brief gekommen. Ein Brief, des Marigoldruh-Hospitals. Stürmisch sprang ich auf, stürmte zurück in den Flur, wo ich den teuren Umschlag ganz vergessen hatte. Ich öffnete ihn noch auf dem Weg zum Küchentisch, bevor ich dann zu lesen begann.

Sehr geehrter Herr Petersen,

da wir keine lebendigen Angehörigen Herrn Liebrechts ausfindig machen konnten und Sie bei meinem Kollegen Dr. Jesper als Notfallkontakt Herrn Liebrechts aufgeführt wurden, wende ich mich mit den bedauerlichen Neuigkeiten nun an Sie. Mein Patient, August Liebrecht, wurde vor zwei Monaten mit dem Verdacht auf *Morbus nervorum occultorum proportionis fatalis* in meine Privatklinik überführt. Nach anfänglichen Therapie- und Behandlungsversuchen stellten wir eine veränderte Wahrnehmung bei Herrn Liebrecht fest, weshalb wir gezwungen waren, einen operativen Eingriff vorzunehmen, der sein Nervensystem entlasten und eine Verschlechterung seiner Symptome stoppen sollte.

In der Nachfolge des Eingriffs entwickelte Herr Liebrecht allerdings eine Psychose und legte paranoides Verhalten an den Tag. Dies ist zwar nicht unüblich bei Amputationspatienten, besonders dann, wenn ihre Sinnesorgane betroffen sind,

doch zeigten keine der bewährten Behandlungs-
methoden bei Herrn Liebrecht Wirkung, sodass
sich sein Zustand weiter verschlechterte. Um
seine Paranoia zu lindern, verordnete ich lobото-
mische Maßnahmen sowie eine medikamentöse
Behandlung mit *Remedium quod mentem tranquil-
lat*. Bedauerlicherweise muss ich Ihnen mitteilen,
dass Herr Liebrecht, trotz der steten Bemühungen
meines Personals und meinerseits, in Folge der
Nachbehandlungen dieses Eingriffs an Selbst-
strangulation verstorben ist. Anbei lasse ich Ihnen,
als einen eingetragenen, amtlichen Bevollmächtig-
ten seiner Person, eine beglaubigte Kopie der von
mir persönlich ausgestellten Sterbeurkunde zukommen.

Seine Beisetzung erfolgt nächste Woche
am Dienstag um neun Uhr im Krematorium des
Marigoldruh-Hospitals, zu dem ich Sie herzlich ein-
lade. Da ich die Behandlungskosten Herrn Liebrechts bereitwillig auf mich nahm, sehe ich es auch

als meine christliche Pflicht an, für seine ehrenvolle Beisetzung auf dem Friedhof meines Hospitals Sorge zu tragen.

Ich drücke Ihnen hiermit mein aufrichtiges Beileid aus und freue mich, Sie trotz der traurigen Umstände nächste Woche auf unserem schönen Marigoldruh begrüßen zu dürfen und rechne, sofern ich nichts Gegenteiliges von Ihnen vernehme, mit Ihrem Kommen. Bitte haben Sie dafür Verständnis, dass ich trotz der Tragik dieses Falles nicht an der Zeremonie teilnehmen kann, da ich mich in meiner Tätigkeit als Klinikleiter entsprechenden Verpflichtungen widmen muss.

Mein aufrichtiges Beileid!
Dr. med. Arthur Novak
Experte für allogene Chirurgie

Selbstverständlich fand ich mich am nächsten Dienstag zur Beisetzung meines tragischen Freundes im Marigoldruh ein. Die Umstände seines plötzlichen Ablebens bedrückten mich sehr und die Einblicke in seine Gedanken während seiner geistig umnachteten Zeit ließen mich erahnen, welche Schrecken diese Hirngespinste in ihm ausgelöst haben mussten. Auch wenn ich eigentlich nicht bereit war, Augusts Zurechnungsfähigkeit leichtfertig aufzugeben, musste ich mich, im Interesse meines eigenen seelischen Wohlbefindens mit einem Kompromiss zufriedengeben. Einerseits glaubte ich der Erklärung Dr. Novaks, die, durch die Autorität eines Arztes gestützt, mir nur wenig Möglichkeit für Zweifel ließ. Andererseits ging ich davon aus, dass August mich niemals in solchen Belangen belügen würde, weshalb ich damit rechnete, dass er alles, was er in seinem Brief schilderte, auch so meinte. Diese Erkenntnis half mir nur wenig in der Trauer über meinen umnachteten Freund, der unter so unwirklichen Umständen verstarb.

Die Zeremonie war kurz und kühl, doch zunächst freute ich mich, zu wissen, dass August trotz des Novembers an einem sonnigen Tag an einem so schönen Ort, wie dem Friedhof des Marigoldruh-Hospitals beigesetzt wurde. Allerdings musste ich später daran denken, wie sehr er befürchtete, in der Klinik eingesperrt zu sein, was, wenn ich es recht bedachte, nun der Fall war. Leider hatte ich diesen Gedanken erst, als ich wieder zu Hause war, sonst hätte ich darum gebeten, seine Asche mitnehmen zu dürfen, damit er es wenigstens im Tode schaffte, aus dieser Klinik, in der er so viel Leid erfahren hatte, zu entkommen. Nach der Beisetzung machte ich mich auf den Weg zum Vorplatz der Klinik und war überrascht, meinen alten Mentor Professor Tienhoft anzutreffen, der mich noch vor wenigen Jahren auf dem Universitätscampus im Fechten unterrichtete. Ich musste sofort daran denken, dass, bei all dem Wahnsinn, der in Augusts Brief verwoben war, er wohl auch einige Wahrheiten geschrieben haben konnte.

Ich begrüßte meinen Bekannten und er erzählte, dass er auf seinen Sohn warte, der nach einer langen Therapie endlich wieder genesen nach Hause kommen sollte. Ich dachte an die Schilderungen meines Freundes und so wollte ich Dietrich unbedingt sehen und verwickelte Professor Tienhoft in ein Gespräch, bis der Genesene die

Stufen der Klinik hinunter auf uns zu schritt. Die Sonne schien ihm hell ins Gesicht, sodass er seine Augen zu schmalen Schlitzen zusammenpresste und schützend eine Hand an die Stirn hielt, um seinen Vater zu erkennen. Professor Tienhoft verabschiedete sich von mir, begrüßte seinen Sohn und ging mit ihm zum Automobil.

Als Dietrich an mir vorüberging, durchflossen mich Ekel und Schauer, denn der kurz erhaschte Blick in seine Augen ließ die wildesten Fantasien in meinem Geist lebendig werden. Die Paranoia meines Freundes musste auf mich übergesprungen sein. Waren das nicht Augusts Augen?

Noch einige Minuten, nachdem die beiden bereits weg waren, stand ich zweifelnd an derselben Stelle, an der ich eben die Augen sah. Hatte ich da tatsächlich die Augen meines Freundes erkannt? Oder war es doch nur meine Einbildung, die mich, angestachelt durch Augusts Geschichte, täuschte? Aber würde ich seine Augen eigentlich erkennen? Sahen Augen nicht eigentlich fast alle gleich aus? Im Zweifel versunken, wurde ich einen schrecklichen Gedanken nicht mehr los. Ich schloss meine Lider und in meinem Geist brannte das Bild der leuchtenden Augen.

Der Augen, die Dietrich Tienhoft trug.

Das Schwein

Dem Verlangen zu widerstehen, heißt, sich zu beherrschen. Sich zu beherrschen, heißt, Macht auf sich auszuüben.

Klaus Manhold verstand sich gut darauf, zu widerstehen. Menschen, die ihn kannten, würden ihn als einen guten Menschen bezeichnen. Sie taten es auch regelmäßig, wenn der junge Mann ihnen bei den Einkäufen half, für die Nachbarin Erledigungen machte, den Alten vorlas, sich bei den Gemeindefesten engagierte oder auch einfach nur, wenn sie ihn mit seiner Gattin in der Kirche trafen. Er war Dorflehrer – noch ein relativ junger – und er schien es sich zur Aufgabe gemacht zu haben, seinen Wert der Gesellschaft zu beweisen. Lange blieb er noch nach Schulschluss und gab Nachhilfe. Danach machte er Besorgungen für Frau Nachbarin, die schon zu alt war, selbst zu gehen. Zuhause schrieb er dann den Gemeindebrief oder einen Artikel für die Regionalzeitung, dessen Herausgeber ihn als einen der wenigen Studierten im Umland oft um einen Gastbeitrag bat.

Ja, kein Fleck auf des Klausens Weste. Kein Schatten auf Herrn Manholds Gesicht. Nur Lachen und pure Freude, die sich in die Welt zu entfalten suchte. Und – darauf legte er viel Wert – die möglichst mit vielen geteilt werden sollte. Der Klaus Manhold war ein so Guter, dass ihn vieles gar nicht störte. Er war schließlich gut erzogen und den Regeln der Gemeinschaft reichlich gut angepasst, dass es ihm im Traum nicht einfiele, sich zu beklagen, wenn ein jemand ihm die Vorfahrt nahm, sich ein unverschämter Mensch vordrängte oder sogar dann nicht, wenn man ihn beleidigte.

Stets war er ein ruhiger Mensch. Stets war er ein netter Mann. Stets war er ein guter Christ. Stets war er der Größere, weil ihn solche Weltlichkeit nicht zu bekümmern schien.

„Der Klaus, der könnt ein Heiliger sein", sagten einige zum Spaß. Denn nie wäre ihm eingefallen, sich zu vergessen.

Wie ironisch, dass sich Klaus zu vergessen suchte, wenn er so stoisch daherkam. Wie komisch, dass die Leute so vieles in ihm sahen, was er gar nicht war. Und wie absurd, dass sie es in ihm sahen, was immer er auch dagegen tat. Denn Klaus war vieles, doch nicht heilig.

Es regnete, als er zu Fuß nach Hause schritt. Mit nassem Hut und weichem Mantel stieg er den Bürgersteig entlang.

„Machen Sie, dass Sie ins Trockne kommen!", rief Frau Metzger ihm herüber. Er hob bloß stumm die Hand zum Gruß. *Dumme Sau.* Er lächelte sie freundlich an. *Alte Gans.*

„Ich beeile mich ja schon", gab er vergnügt zurück, „Aber ich genieße grad den Regen so." *Halts Maul.*

„Na dann!", lachte Frau Metzger in der Haustür stehend. „Dann passen Sie bloß auf, dass Sie nicht krank werden. Der Junge muss doch morgen wieder in die Schule!" *Dummes Gör.*

„Natürlich!", entgegnete er heiter. „Ich wäre untröstlich!" *Fettes Biest.*

Er hatte es nicht eilig. Er war gerne mit sich allein. Zuhause wartete die Frau. Oder auch nicht. Das war mal so, mal anders. *Abstechen das Vieh.* Doch er freute sich zu Hause schon auf eine Tasse Kaffee, um sich aufzuwärmen. Wie immer ging es ihm nicht gut. Wie immer wollte er nur in Ruhe lesen oder Radio hören. Vor dem heimischen Vorgarten stehen geblieben, blickten aus seinem regennassen Gesicht seine wässrigen Augen der kalkweißen Fassade entgegen, und aus tiefen Höhlen sahen sie in die dunklen Fenster, hinter denen leere Zimmer lagen. An niedlichen Gartenzwergen vorbei ging er auf die Haustür zu. Er ignorierte das fremde Auto in der Einfahrt, schloss auf, sah Schirm und Mantel des anderen Mannes an seinem Haken hängen. *Richtig ins Maul.*

„Ich bin wieder da", rief er in das Haus. Keine Antwort. *Mit der Faust.* Er hing seinen Mantel an den Gästehaken, legte den nassen Hut auf die Kommode. Der Gestank von billigen Zigaretten lag in der Luft.

„Hallo!", wiederholte er, „Frau, ich komme jetzt." Er ging in die Küche, da er von oben Stimmen und Gepolter hörte. Er brühte sich einen starken Kaffee. *Oder mit dem Messer.* Dann knipste er die kleine Lampe auf dem Küchentisch an, setzte sich und nahm die Zeitung. Der Wirtschaftsteil fehlte. Also stand er auf und sah im Wohnzimmer nach. Oben leises Getuschel und Gekicher. Er fand den aufgeschlagenen Wirtschaftsteil in der Stube neben zwei leeren Whiskeygläsern. «Rund ohne Filter», las er auf der Zigarettenschachtel, die auf der Zeitung lag. Aha, dachte er sich tonlos dabei. *Giftig, teerig, tödlich.*

„Ich habe Kaffee gekocht!", rief er im Flur und setzte sich wieder an seinen Küchentisch. *Abfackeln. Abaschen.*

Nun kamen sie kichernd und tapsend die Treppe herunter. Klaus blätterte gedankenlos in der Zeitung und nippte am heißen Kaffee.

„Der Friedrich ist hier", sagte seine Frau.

„Grüß dich", entgegnete Klaus, erhob sich halb und gab dem Mann mit Hornbrille die Hand. *Backpfeifengesicht.*

„Grüße!", antwortete der Mann, „Margot hat erzählt, ihr habt im Klosterstift den Garten neu angelegt." Er setzte sich und bekam von der Frau eine Tasse Kaffee hingestellt. *Hacken! Hacken! Hacken!*

„Und ob", antwortete Klaus und blätterte um, „der alte Garten gab ja nichts mehr her. Die Alten gehen ja ohnehin nicht in den Garten, aber so sehen sie ihn wenigstens von der Veranda aus, wenn sie ihren Kaffee schlürfen und Karten spielen."

„Mensch, Klaus. Ich finde das wirklich prima," fing sein Gegenüber an, „dass du dich so um die Alten kümmerst. Tut nicht jeder." Der andere war nervös. Die Frau stand schräg hinter Klaus, und der Mann sah oft an ihm vorbei zu ihr hinüber, wie sie stillstehend ihren Kaffee trank. Klaus bemerkte es – er bemerkte so etwas sehr schnell – und ignorierte das. Er klappte die Zeitung zu und sah in seine leere Tasse.

„Was soll man auch sonst mit ihnen tun, als ihnen ihre letzten Tage schön zu machen? Ich kann sie ja schlecht verbuddeln." Stille. Er blickte kurz auf und lachte dem anderen heiter ins Gesicht. Dessen Anspannung fiel ein wenig ab und er stieg verlegen in das Gelächter mit ein.

„Klaus, der Friedrich und ich wollen gleich los", hörte er hinter sich sagen.

„Ach ja, es ist ja wieder Freitag. Ihr geht wieder zu eurem Klub." Er wusste, dass dem nicht so war. Er wusste, dass sie wussten, dass er es ahnte. Er hatte den Ruf, gutmütig zu sein, nicht dumm.

„Das passt ganz gut. Ich wollte eh noch einen Artikel schreiben und zur Nachbarin rüber, ihr die Butter und Zigaretten bringen."

„Gut, Klaus. Wir fahren dann jetzt los. Warte nachher nicht auf mich."

„Ich leg dir einen Schlüssel unter die Fußmatte", sagte er und schlug die Zeitung wieder auf. Sein Gegenüber trank aus, grüßte verlegen und ging mit Klausens Gattin aus dem Haus in den Regen hinein.

Stech' sie endlich ab. Mach dem Scheiß ein Ende. Nein. Nein, das wäre nicht recht. Er stand auf und ging ins Wohnzimmer. Der Mann hatte seine Zigaretten liegengelassen. Klaus nahm eine zwischen Daumen und Zeigefinger und zündete sie an. Er rauchte sie nicht, sah nur zu, wie sie brannte. Pustete hin und wieder leicht in die Glut, sodass sie nicht ausging. *Wenn die Haut sich vom Fleisch pellt.* Er ging ans Gartenfenster und sah hinaus. *Die Haut aufplatzt und das Fett schmilzt.* Die Glut war an seinen Fingern angekommen. Ohne eine Miene zu verziehen, betrachtete er, wie das Zigarettenpapier zwischen seinen Fingern verbrannte. Er besah sich seine nun rotschwarzen Fingerkuppen. Taubheit machte sich in ihm breit. *Scheiß Schmerz, wo bist du nur?*

Noch nie hatte er jemanden umgebracht. Nur einmal einen Hund überfahren, und das war keine Absicht. Das hatten ihm alle geglaubt. Er bemühte sich, ein guter Mensch zu sein. *Schlaffer Schwächling.* Er bemühte sich wirklich, ein guter

Mensch zu sein. *Alter Schlappschwanz!* Er gab sich alle Mühe. *FICK DICH!* Eine Lawine Geröll lag auf seinem Gemüt – als hätte er Plaque auf der Seele. Einschläfernd platschte der Regen auf die Pflanzen und prasselte dumpf an das Fensterglas.

Wir sind allein. Wir können denken. Er ging zu den Zigaretten. Nahm einen Whiskey – den teuren, den er vom Schulamt geschenkt bekommen hatte. Den hatten sie aufgemacht. Er setzte sich und hielt die Zigarettenschachtel in der Hand. *Endlich können wir denken.* Er nahm ein Streichholz. *Endlich können wir atmen!* Er zündete es an. *Ignorier mich nicht!* Und fackelte das Päckchen ab. *Du dummer Idiot! Geh mir nach!*

„Ich will nicht", flüsterte Klaus Manhold leise in die Stille seines leeren Wohnzimmers.

Was soll das heißen? „Ich will nicht." *Was?* „Dass du da bist", wimmerte er.

Aber ich bin immer da. „Ich weiß." *Also ignorier mich nicht!* „Ich ... will ... Ich bin müde." *So unendlich müde, richtig? Es ist schwer, ich weiß.*

So maßlos schwer, jemand zu sein, der man nicht ist.

„Ich bin ein guter Mensch." *Bist du nicht.* „Ich bin ein guter Mensch." *Nein, verdammt!* „Ich bin ein guter Mensch!" *Halts Maul!* „Ich bin ... ein guter Mensch, verdammt!"

Trink. Er goss sich ein Glas vom Whiskey ein – ein volles – und trank es ganz aus. *Schmeckt dir das, du dumme Sau?* „J ... Ja", schluckte Klaus. *Ja, das schmeckt. Weil es dich betäubt, richtig? Weil du nicht mit mir reden willst. Verräter!*

Klaus nahm einen großen Schluck aus der Flasche. Weinend. *Du bist so erbärmlich! Kommst mit dir nicht klar! Tust so, als wäre ich kein Teil von dir! Tust so, als sei ich ein Fremdkörper! Ich bin nicht irgendetwas in dir! Ich! Bin! Du! Das Du, das du verschweigst! Das Du, das du hintergehst! Das, was du wegsperrst in den Keller deiner Schädeldecke. Der Teer in deiner Lunge, das Geschwür in deiner Brust! Tu nicht so, als habe etwas Besitz ergriffen von dir! Ich bin da, weil du da bist!*

Er nahm noch einen Schluck. Langsam breitete sich ein warmes Gewühl in seiner Brust und seinen Schläfen aus. Die leichten Wogen des Rausches kamen zu seiner Rettung.

Und das Peinlichste ist, dass du es weißt! Du weißt es besser und tust trotzdem so, als sei ich eine Kreatur, die du wegsperren musst!

„Weil du ein Untier bist!" *Das Ungeziefer in deinem Schädel? Die Bestie in deiner Haut? Du bist erbärmlich, dass du dich selbst so hasst!*

„Lass mich endlich in Ruhe!" *Dann musst du von dir selber lassen!*

Ein Klingeln an der Tür ließ ihn zusammen-fahren. Er hastete aus dem Wohnzimmer der Haustür entgegen, froh einen Ausweg präsentiert zu bekommen. Es war die Tochter der alten Nach-barin, die selten, aber regelmäßig drüben war. *Lang ihr eine!*

„Guten Tag, Herr Manhold", begrüßte sie ihn freundlich. *Zum Anspucken!*

„Guten ... Abend", antwortete Klaus, um eine klare Aussprache bemüht, denn er merkte, wie der Alkohol langsam Wirkung zeigte.

„Herr Manhold, es tut mir wirklich leid, Sie damit belästigen zu müssen, aber es geht um meine Mutter. Nicht wahr? Sie ist letzte Woche gestürzt. Das wissen Sie sicherlich. Sie haben ja für Sie eingekauft. Nicht wahr? Jedenfalls ist es mit der Hüfte heute schlimmer als die letzten Tage und sie kann sich nicht selbst das Abendessen zubereiten", eine künstlich bedrückte Pause legte sich zwischen ihre Worte und Klaus Manholds leeren Blick.

„Jedenfalls hat mein Mann angerufen, dass er heute früher aus Bonn zurückkehrt. Und da dachte ich – nun, Sie wissen, ich kann nicht in zwei Küchen stehen. Nicht wahr? Ihre Frau hat doch sicherlich nichts dagegen ..., dass ..." Sie unterbrach sich selbst und schien zu hoffen, dass Klaus etwas sagte. *Dumme Pute*. Er tat ihr den Gefallen.

„Meine Frau ist – ist heute – leider auch außer – Haus", antwortete er angetrunken. *Klaus. Kla-aus.* Wispernd. Kriechend. Fädenspinnend. Ein grauer Film zog sich über sein Gemüt.

„Oh nein! Das ist aber wirklich ein Pech!",
antwortete die Frau gespielt verzweifelt.

„Aber – ich", fing Klaus an. *Nein! Die will
nur nicht zu der alten Schachtel. Und ich will es
auch nicht!*

„Aber ich könnte ihr – nachher – etwas –
vorbeibringen."

„Das würden Sie machen, Herr Manhold?
Das ist ja wirklich rücksichtsvoll von Ihnen. Nicht
wahr? Was bin ich froh, dass meine Mutter einen
so netten Nachbarn hat!" *Wenn Sie wüsste, was
du bist. Wer du bist. Dann würde sie das nicht sagen.*

„Aber – gerne doch. Schön' Abend noch.",
Und Grüße – an den Herrn – Gemahl", hickste er
zur Verabschiedung und schloss rasch die Tür. Er
stank aus dem Hals nach Alkohol. Im Garderoben-
spiegel im Flur sah er sich an. Die Whiskeyflasche
in der Hand. So stand er eben in der Tür. Augen-
ringe tief und schwarz. Die Augen glasig, leer. Das
Hemd zerknittert, halb in der Hose, die Haare

kraus. Wann war das passiert? *Sieh' mal da. Oink-Oink-Oink. Ein Schwein, wie es im Buche steht.*

„Halt die Schnauze!", geiferte er den Spiegel an und spie Speichelfäden darauf.

„Du sollst dein dummes Maul halten!", drohte er dem Spiegel. In ihm blieb alles ruhig. Er senkte seine angespannten Schultern und sah sich eindringlich in die wässrigen Augen. Mit wem redete er da? Wieso schimpfte er? Er war müde. Es wisperte *Oink-Oink-Oink.* Und er war betrunken. Da keifte es *OINK-OINK-OINK!*

Die Fratze grinste ihn speichelnd an, war nur wenige Zentimeter von ihm im Spiegel entfernt. *DU BIST EIN SCHWEIN! SIEH' DICH NUR AN! OINK-OINK-OINK!*
Er riss sich los und stolperte; stieß seinen Schädel an der Wohnzimmerzarge; landete auf den Fliesen. Der Alkohol floss aus der offenen Flasche. Er schnappte danach, als sei es Luft.

„Du sollst mich ... Verpiss dich!", kreischte er speichel- und tränenverschmiert. Alles roch nach Alkohol.

„Ich will das nicht!“ Er stieß seinen Kopf immer wieder auf die nassen Flurfliesen.

„Du bist ein Schwein!“ Er stieß und schlug, als könnte er das Schwein zum Schweigen bringen, doch merkte nicht, dass es seit geraumer Zeit schon nichts mehr sagte. Es ließ ihn sich quälen. Genoss es, wie er sich selbst der ärgste Feind und sich selbst der strengste Richter war.

„Beruhig‘ dich“, keuchte er verschmiert. „Beruhig‘ dich.“ Er starrte auf die Sauerei im Flur. „Beruhige dich. Es ist alles gut. Du hast nichts getan. Nichts, wofür sie dich bestrafen würden.“ Es half ihm immer, mit sich selbst, statt mit dem Schwein zu reden, dennoch ließ er sich immer wieder darauf ein. Langsam baute er sich wieder auf, sah sich reumütig im Spiegel an. Er schämte sich für den Anfall. Je präsenter ihm seine Außenwelt wurde, umso schweigsamer wurde das Schwein. Das war immer so. Wie aus bösen Träumen erwacht, blickte Klaus wirr umher.

„Räumen wir hier mal lieber auf." Sich selbst im Spiegel sehend, sagte er: „Und waschen sollten wir uns auch, bevor wir rüber gehen."

Peinlich berührt und sich vor sich selbst schämend, rieb er mit dem Geschirrtuch die Fliesen trocken; schrubbte sie mit Essig, damit kein verräterischer Geruch an diesen Ausfall erinnerte. *Na, das hast du ja toll gemacht.* Es säuselte in sein Ohr, umgarnte jeden Gedanken, schmiegte sich an sein Wesen. *Soll ja keiner wissen, was war. Soll keiner wissen, was passiert ist. Du bist allein mit deinem Leid. Dein Fluch ist nicht, dass du enttarnt, sondern nie gesehen wirst.* Mit Glasklar wischte er den Spiegel blank. *Sieh nur selbst.* Gerade als er den Lappen vom Spiegel nahm, sah es ihm in die Seele. *Sieh dich an.* Die Schweinefratze blickte ihn aus dem Spiegel an. Eitrig, warzig war seine Haut, borstig seine Haare. Keine Feindschaft lag in den blutigen Augen, die am Fuße einer platten Schweineschnauze lagen, aus der stoppelig die Haare ragten. Speichelfäden liefen aus dem Maul spitzer Zähne, wenn es sprach, und doch hörte Klaus nur sich selbst. Lauernd, gierig, aber doch ... fast brüderlich.

Sieh der Wahrheit ins Gesicht. In mein Gesicht. Es ist auch deins, du zeigst es nur den anderen nicht. Verbirgst es. Das Schwein schien fast versöhnlich, kraftlos. Doch das war es ganz gewiss nicht. Klaus war erschöpft. Das wollte es nutzen. Ihm zureden. Die Schraube tiefer in sein Hirn drehen, bis sie endgültig festsaß. Doch es schwieg. Aus Kalkül. Klaus sah dem Schwein tief in die Augen, suchte in ihnen so etwas wie Menschlichkeit. Doch er sah nur sich.

„Du bist gut", sagte er, dem Blick des Schweins standhaltend. „Du glaubst es dir nur nicht."

Unter dem Schweigen des Schweins ging Klaus nach oben, sich zu waschen. Er hob sein Handtuch, um es über den Spiegel zu legen, doch sah Klaus wieder nur sich selbst, in altbekannter Art. „Ein Schwein bist du, ein Mensch bin ich. Dass du das nicht verstehst, gibt mir recht." *Oink.* Es hauchte ihm zu. Erinnerte daran, dass es da war.

In keinem Moment seiner Existenz sollte dies au-ßer Frage stehen.

Die Nachbarin brauchte Butter, Zigaretten und jetzt auch noch zu essen. Klaus griff sich Spaghetti und Soße, nahm Mantel und Hut – beide immer noch nass – und ging hinaus auf die nun dämmrige Straße. Er klopfte an der Tür gegenüber. *Warum muss immer ich die Scheiße machen?* Die Nachbarin schloss nie ab, damit ihre Tochter immer reinkonnte – *verdammt* – also ging auch Klaus einfach hinein.

„Guten Abend, Frau Nachbarin! Hier ist Klaus Manhold!"

Stille, das Haus war dunkel. Sollte die Nachbarin schon schlafen? Das wäre unüblich. Für gewöhnlich hörte sie zu dieser Zeit Radio oder las in der Stube. *Oink.*

„Hallo? Sind Sie wohlauf?", rief er in das schattig-dunkle Wohnzimmer. Keine Antwort. Er machte Licht in der verlassenen Küche und stellte seine Mitbringsel ab. Klaus vermutete die Frau oben. Er wollte wenigstens nachsehen und ihr einen Zettel zurücklassen, ehe er wieder ging. *Oh-Oink.*

„Hallo? Ich komme jetzt hoch!", kündigte er sich an und trat möglichst geräuschvoll auf die Stufen, um die schwerhörige Frau nicht zu verschrecken. *Du ahnst es, oder?* Er betrat den oberen Flur.

„Hallo?", rief er und öffnete die angelehnte Schlafzimmertür. Blankes Entsetzen machte sich in ihm breit, als er sie sah. Im zerrauften Bett lag die alte Frau mit schmerzverzerrtem Blick, die Augen starr gen Decke gerichtet. Er hastete durch den Raum, zog Stuhl und Stehlampe gleich mit, sodass sie scheppernd zu Boden fielen.

„Hören Sie mich?", rief er und schüttelte sie. *Tot ist die Alte! Tot!* Das Schwein tönte, jauchzte vor Entzücken, als er ihren kalten Arm fasste, um den Puls zu spüren.

„Sei jetzt still! Spür ich da einen Puls?" Vor lauter Zittern und Schwitzen konnte es Klaus nicht sagen. Sein Herz sprang in seiner Brust auf und ab. Es pochte bis in seine Schläfen. Was der Frau

Nachbarin an Herzschlag fehlte, spürte er tausendfach in seinem eigenen Leib. *Die hat es hinter sich! Und du jetzt auch! Sie ist endlich tot!*

„Jetzt halt die Klappe!", schrie er in den stillen Raum. Kalt war sie – doch weich. Er glaubte mittlerweile, keinen Puls zu spüren, jedoch traute er sich selbst nicht zu, das mit Bestimmtheit festzustellen. War sie vielleicht nur ohnmächtig? Er musste etwas unternehmen. Sie wiederbeleben, falls notwendig. Sofort hob Klaus die Frau aus dem Bett. Sie war erstaunlich leicht und ihr knochiger Körper ließ sich einfach auf den Boden legen.

„Es darf nicht zu spät sein, vielleicht kann ich sie wiederholen", keuchte Klaus, als er sich bereit machte, ihr Herz zu massieren. *Red' kein' Stuss. Die ist kalt wie 'ne Gans in der Truhe.*

„Besser vergebens helfen als gar nicht!", zischte Klaus giftig und knöpfte das Nachthemd der Frau für die Herzmassage auf. *Denk kein dummes Zeug! Sieh' dir ihren Hals an. Da hatte jemand auch genug von ihr.* Tatsächlich zeigten sich ganz klar an ihrem Hals blaue Hämatome.

„Großer Gott", verschlug es Klaus die Sprache. „Sind das etwa ..." *Würgemale, ja. Ich wette ihre Tochter war das! Der war die Alte doch eh ein Klotz am Bein. Braucht zu lange, um zu sterben, während die Hauspreise sinken.*

„Sie ist ganz kalt" Klaus begann zu zittern, als ihm langsam klar wurde, was das alles bedeute. *Endlich hat 'wer getan, was du immer nicht konntest. Ein Leben auszulöschen, um das eigene zu verbessern. Poetisch. Mutig. Wunderbar ist das!*

In Klaus wuchs der Ekel. Die Angst. Der Hass. Er wollte dem Schwein nicht Recht geben. Es durfte nicht stimmen. Die Menschen waren nicht so. Er war nicht so. Es war nicht gut, dass die Frau tot war. Und er wollte es beweisen. Wollte dem Schwein zeigen, dass es noch Hoffnung gab.

„Wer erwürgt wurde, ist nicht sofort tot", murmelte er. Das hatten sie ihm bei der Musterung erzählt. Nur wer im Anschluss länger liegt, steht nicht mehr auf. *Das erzählen sie nur den Neuen, um sie zu beruhigen, du Trottel.*

„Es gibt die Möglichkeit, sie zu retten“, sagte Klaus und nahm seinen Mut zusammen. *Du bist so einfältig, dass du das wirklich glaubst! Wäre es wirklich so schlimm, mir einmal zu glauben? Mir recht zu geben? Du weißt es selbst doch besser! Was du tust, ist Schwachsinn!*

„Besser vergebens helfen als gar nicht!“, rezitierte Klaus sich selbst und begann beherzt, die Brust der Nachbarin rhythmisch einzudrücken. *Eins und zwei und drei und vier. Dämlack Klaus, wer ist bei dir? Fünf und sechs und sieben und acht? Wer hat die Frau nur umgebracht? Neun und zehn und elf und zwölf. Klaus tut Quatsch, der gar nicht hilft.* Klaus führte seine Lippen an die der kalten Nachbarin. Ekel packte seinen ganzen Leib. *Widerwärtig, dass du sowas tust! Komm! Schlabber sie nicht ab! Das ist ja zum Kotzen!* Er machte weiter. Atmete ihr in ihre leere Lunge, dass der Brustkorb sich wölbte. Kurz glaubte Klaus, es geschafft zu haben. Doch es stimmte nicht. Er drückte weiter. Massierte das Herz, auf dass es hoffentlich wieder zu schlagen begann. Immer wieder, immer stärker.

Und dann schickt sie dich noch her. Also die Tochter. Ob sie wohl einen Schuldigen gesucht hat? Jemanden, dem sie alles in die Schuhe schieben kann?

„Halt die Fresse!", Klaus pumpte weiter. Tränen füllten seine Augen. Er spürte, wie die Kraft ihn verließ. Schon wieder führte er seinen Mund an ihre kalten Lippen. Wieder ohne Erfolg.

Ob sie wiederkommt und dich tötet? Die raffgierige Schnepfe! Oder schickt sie vielleicht ihren Mann, um auch dich zu töten?

„Lass... mich... in... Ruhe!", brüllte Klaus zwischen kräftigen Stößen gegen die Brust der Frau. Er versuchte, alle Gedanken an die Würgemale wegzuschieben. Er wollte nicht darüber nachdenken, was das hieß. Was es bedeuten musste. *Und doch weißt du es und bist so dumm, nicht abzuhauen!* Klaus weinte. Die Schultern wurden ihm schwer, der Rücken tat ihm furchtbar weh vom elenden Knien und Pumpen. Das Schwein dröhnte in seinem Kopf.

„Lass mich verdammt noch mal alleine!" schrie er und legte all seinen Hass über das Schwein in seine Stöße, gewann aus ihm neue Kraft. Das Schwein. Der Dämon in seinem Kopf, der ihn nie schlafen ließ. An allem Schönen ihm die Freue nahm. Sein Leben verdunkelte. Dafür sorgte, dass er sich immer klein fühlte. Immer seinen Wert beweisen musste. Immer zeigen musste, dass er es wert war, geliebt zu werden. *Und doch fickt deine Frau einen anderen!* So durchstach das Schwein seine Seele. Zerschnitt mit einem letzten Hieb das Band, das Klausens Fassung hielt.

„ICH WILL NICHT MEHR! ICH WILL, WILL, WILL NICHT MEHR! HAU AB! LASS MICH ALLEIN! WARUM BEFÄLLST DU MICH?! DEINE QUINTESSENZ IST HASS! GIFT UND GALLE ÜBER DICH! LASS MICH ALLEIN! LASS MICH IN RUHE LEBEN! WIESO KANNST DU DAS NICHT TUN?!"

Ein jeder Stoß wurde zum Hieb. Jeder Hass gegen sich selbst entlud sich in schierer Körperkraft auf den Leib der toten Frau. Das Knacken von Knochen vermischte sich mit dem Wehklagen von Klaus. Tot war sie. Daran bestand kein Zweifel mehr. Klaus sackte zusammen. Hämmerte voller Schmerz und Verzweiflung wie besessen auf den kalten Leib, ehe er wimmernd über ihm zusammenbrach. Kraftlos lag er weinen da. Schmolz dahin im Selbstmitleid, dem Schmerz, der Dunkelheit, die wie schwarzer Teer an seiner Seele klebte.

Mit einem Mal war Schluss. Er wurde wieder wach in seinem tiefen Loch. Entsetzt ließ er von ihr ab. Trat einen Schritt zurück, als habe er sich gerade verbrannt. Er starrte auf die Frau und ihm wurde heiß und kalt. Schwindel machte sich in ihm breit. *Sie werden denken, du warst es. Sie werden deine Spuren haben. Den geschundenen Körper der Nachbarin werden sie sehen und sagen: „Klaus Manhold war das."*

„Nein ... nein", wimmerte er, und ihm wurde klar, was er eben getan hatte. Sein lautes Herz pumpte ihm den Kopf ganz voll. Sein Schädel wurde schwer.

„Ich habe nur zu helfen versucht. Das ... das werden sie verstehen", hauchte er. *Gewürgt hat er sie. Ihr die Brust zertrümmert. Die Leute werden reden.*

„Ich war das nicht", japste er. *Das werden die Leute anders sagen.*

„Nein!" *Ein Mörder bist du nun!* „Nein! Ich bin kein Mörder!" *Es zählt nur, was die Leute denken. Ihr Denken überstimmt jedes Gericht. Auch wenn du unschuldig bist, bist du es nicht in ihren Augen.*

Er schnappte nach Luft, es drehte sich alles. Panisch schritt er auf und ab. *Mörder dürfen nicht unterrichten. Mörder finden keine Arbeit. Mörder finden keine Freunde. Mörder finden keine Gemeinschaft.*

„Ich bin kein Mörder", schrie er. *Das ist doch egal! Besser wär's, du wärst einer! Dann hätten sie zumindest recht! Doch so! Wegen so was Albernen! Du hast dir selbst dein Elend geschaffen. Deine Dummheit hat dir das eingebrockt. Wärst du bloß gegangen! Wärst du bloß nicht gekommen! Hättest du sie einfach liegen lassen!*

„Ich wollte doch ... ich wollte ...", immer heftiger drehte er sich nun. Versuchte klar zu denken.

„Vielleicht ist sie auch nur gestürzt. Aus dem Bett und" *MÖRDER!* „Nein! ... Nein! ... nein .... Gestürzt, gestorben und ich habe geholfen. Nur nicht richtig ... nur ... falsch ..., aber geholfen" *Einen Mörder werden sie dich nennen. Du bist jetzt ein Ausgestoßener, die anderen wissen es nur noch nicht! Du hast verkackt! Du bist dumm und hast verkackt! Geschieht dir recht! Du dumme Sau!*

„Ich war das nicht! Ich war das nicht!" *Nein! Ihre Tochter war's. Hat dich reichgelegt, wie einen Trottel. Ich habe gesagt, du sollst abhauen! Bestimmt lauert sie im Gebüsch und hat gewartet, dass du reingehst. Hat bestimmt schon die Polizei gerufen. Und die findet dich hier! Und warum? Weil du niemals auf mich hörst! Weil du immer mich verdrängst!*

„Nein! Nein! Großer Gott. Ich bin so dumm. Sie hat mich reingelegt!" Klaus duckte sich unweigerlich vom Fenster weg. Es durfte ihn niemand hier drin sehen. War die Polizei schon auf dem Weg?

Der gute Mensch ist doch nur ein Schwein! Oink-Oink-Oink! Mit deinem dämlichen Getue! Die Menschen warten nur auf so was! Wer hoch stapelt, stürzt auch tief! Du bist nicht perfekt! Die Leute lieben das! Du bist verkommen! Nicht besser als sie! Sogar schlechter! So was freut die Leute! Sie werden dich einen Mörder nennen, weil sie es glauben wollen! Weil sie es glauben MÜSSEN! Oink-Oink-Oink! Du bist schlechter als sie! Ganz gleich, was du noch tust!

Seinen Herzschlag in den Schläfen spürend, hielt Klaus Manhold gelähmt nun inne. Konzentrierte sich so fest er konnte. *Es ist vorbei.* Doch kein klarer Gedanke wollte ihm noch kommen! *Vieh.* Es wollte einfach keiner kommen! *Verbrecher.* Es kam einfach keiner! Sein ganzer Körper wurde schlaff. Träge hing er vorgebeugt, als alle Glieder ihm zu schwer wurden. Geknechtet stand er krumm vor der toten Frau.

„Was mache ich nur jetzt?", wimmerte er erschöpft. *Ich weiß Rat.* „Ich will nicht!" *Doch du weißt keinen.* „Ich ... will trotzdem ... nicht!" *Ich weiß, wie du hier rauskommst.* „Ich will ... will ...

will ... nicht." *Ich weiß, wie du dich rettest. Ich weiß, wie das hier gut ausgeht.* „Ich ... ich ..." *Die Alte hat geraucht. Unten liegen Kippen. Die Alte hat gesoffen. Unten stehen Flaschen. Dabei ist sie eingepennt. Hat sich selbst abgefackelt.*

„Das geht nicht!", sagte Klaus erschrocken. *Was macht es schon? Sie ist tot. Wie du es auch drehst. DEIN Leben steht nun auf dem Spiel.* „Doch das ist ein Verbrechen. Was, wenn etwas Schlimmeres passiert? Hier sind noch andere Häuser!" *Die Leiche ist voll von deinen Spuren! Das sieht nach Verbrechen aus! Du rufst die Feuerwehr. Nach einer Weile natürlich. Die Alte muss verbrannt sein. Du rufst die Feuerwehr und bist noch dazu der Held der Nachbarschaft.* „Aber ich ..." *Entscheide jetzt. Bald fällt es auf. Du musst bald rauskommen, sonst schöpfen die Nachbarn Verdacht, wenn du so lange hierbleibst. So oder so. Beeil dich. Sonst bist du verdächtig.* Klaus atmete tief durch.

Die Feuerwehr konnte verhindern, dass die Flammen übergingen. Nur für die Frau Nachbarin war es zu spät. Die Polizei stellte Klaus einige Fragen, weil er bereitwillig zugab, zuvor noch bei ihr gewesen zu sein, doch es war wohl nur ein Unfall. Die Frau Nachbarin war schließlich auch alt. Tragisch aber ist halt so. Sie dankten ihm und ließen ihn in Ruhe. Die Tochter erwähnte er gar nicht. *Oink-Oink-Oink.*

Als spät abends die Frau nach Hause kam – angetrunken, mit verschmierter Schminke von dem wilden Abend – fand sie das Haus im Dunkeln vor. Für gewöhnlich schrieb Klaus noch zu dieser Zeit.

„Klaus?", lallte sie in die Stille. Leises Gerede kam von oben. Die Küche stank nach Alkohol, das Gästebad nach Kotze.

„Klaus? Alles gut?" Behutsam schlich sie die Treppe hoch, um nach ihrem Mann zu sehen.

„Klaus, ich bin wieder da! Bist du noch wach?" Auf dickem Teppich tapste sie über den Flur zum Bad, aus dem Gemurmel kam.

„Klaus, ich soll dich von Friedrich noch fragen, ob nächste Woche in der Schule die ..." Sie
öffnete die Tür. Aus der speichelnden Schweinefratze gaffte fiebrig Klaus sie an.

„OINK-OINK-OINK!"

Die Kapelle von Gassburg

Wer sich, wie auch immer, nach Gassburg verirrte, der war verblüfft, verwirrt und verlaufen. Keine Straße breit genug, dass sie von einem Wagen oder Karren befahrbar war. Kein Haus war so eigen, dass es Orientierung bot. Die Hauswände schief und von Jahrhunderten verbogen, geneigt von den Jahren und den Kräften, die an ihnen zehrten. Blickte der Verirrte nach dem Rathaus oder einem Kirchturm, um sich danach zu richten, so gaben die hohen Fassaden der Häuser diesen Blick nicht preis. Die Stockwerke der Fachwerkhäuser, die sich aufeinander bauten, waren von verschiedener Größe und verbreiterten sich stets nach den oberen Etagen hin, sodass das Licht, das in die Gassen fiel, nur spärlich war.

Suchte der Verirrte dann nach den Straßennamen, mochte ihm dies nichts nützen. Zu ähnlich hießen hier die Wege und eine Karte von Gassburg gab es nicht. Fragte er dann nach Auskunft, verhalf ihm auch das nicht zu seinem Ziel.

Zu lose die Aussagen, zu unverbindlich die Beschreibungen der Einheimischen, die sich von jeher durch diese Gassen schoben und sie wohl zu unterscheiden wussten. Wo der Fremde nur eine Gasse wie die nächste sah, bemerkten sie in ihnen die feinen Unterschiede; hörten sie mehr die Konsonanten in den Straßennamen; erkannten klarer den Stand der blassen Sonne.

Doch wie der Verirrte es auch wendete, fand er irgendwann stets den Friedhof der Stadt. Von hohen Mauern umfasst und mit stählernem Tor gesichert, erschien es dem Fremden dann als der herrlichste Ort der Stadt – bot er doch Abwechslung zu den engen, dunklen Wegen und verwinkelten Straßen. Nach langer Zeit des ziellosen Wanderns schien ihm dieser Ort nun ein Ziel – und er bedachte ihn sogleich mit interessiertem Blick.

Altehrwürdig, witternd das Gestein, düster und schief die Mauern und Gräber. Nach einigen Momenten fiel ihm dann auf, dass bereits der Abend nahte und dass er den Himmel zum ersten

Mal wieder sah, seit er in Gassburg war. Die Wolken rot, die sinkende Sonne grau, der aufgehende Mond hob sich schwarz hervor. Sanft legte dieser den düsteren Schleier auf die Gräber, umwobt den Fremden mit wohliger Nacht.

Näherte der Verirrte sich dann dem schweren Tore, welches zu dieser Zeit stets offenstand, empfing ihn dort ein alter, grauer Rabe. Die Flügel gebrochen, stand er nur noch auf einem Bein, das andere hing schlaff herab. Sprach der Fremde ihn an, so half er ihm und geleitete ihn hüpfend über den Hof. Vorbei an fremden Namen ziehend, staunte der Verirrte über diesen Ort. Es schien ihm dann, dass alles hier und jeder Mensch sein rechtes Ziel und Ordnung fand und auch er, der nicht gewusst, was er gesucht, es endlich hier gefunden hätt'.

Folgte er dem humpelnden Tier vorbei an Steinen und Krypten, geleitete es ihn bis an die Kapelle. Traurig, schwarz so stand sie da. Klein und doch beängstigend. Das düstere Tor ragte offen und azurnes Licht brannte im Innern. Trat der Fremde dann hinein, stand vor ihm der Tod.

Schaurig, starr und wunderbar war er einer Statue gleich. Gastlich lud er ihn hinein und reichte freundlich ihm die Hand. Wohlige Kälte umgab dann den Fremden, der die Freundschaft zum Tod erst in dessen Gegenwart so recht spüren konnte. Von jeder Last und jedem Zweifel frei, war er leichter denn je zuvor, spürte nichts als kühles Eis, welches angenehm durch seine Adern kroch. Blickte er nun an sich herab, sah er, wie das rote Blut in Bächen aus dem Körper floss. Der Tod strich ihm durch sein graues Haar mit seiner Knochenhand, dann legte er den Verirrten in sein Grab.

Er war angekommen im Totenreich.

Über den Tod hinaus und bis ins Leben hinein

Ich weiß es noch sehr gut – denn oft träume ich davon –, wie es war, als ich als Chronist für Gräfin Besta arbeitete. Ich war noch ein junger Schreiber und gerade von meiner Kanzlei abbestellt worden, um an der Franz-von-Ferdinand-Universität meine Dienste anzubieten, als mich das Ersuchen der Frau Gräfin nach Breichingenhall verschlug, um ihre persönliche Geschichte der Familienchronik hinzuzufügen. Als junger Chronist, der bereits mehrfach – wenn auch als Assistent – für veraltete, aussterbende Adelsgeschlechter gearbeitet hatte, reizten mich zwei Besonderheiten an diesem Auftrag:

Als Erstes war da das Honorar. Zweimal fünfundzwanzigtausend Mark, die mir zur einen Hälfte bei Antritt und zur anderen Hälfte nach Abschluss der Arbeit notariell ausgezahlt werden sollten. Eine solche Summe, die ich mir kaum vorstellen konnte, so früh in meiner Karriere zu verdienen, war für sich genommen schon eine Besonderheit. Selbst die besten Schreiber verdienten meist nur einen Bruchteil dieser Summe – in einem Jahr oder fünf.

Die zweite Besonderheit war die Auftraggeberin selbst: Sie war tot. Während die wenigen verbliebenen Adelshäuser, die nach dem Krieg um ihre Existenz kämpften, sich bemühten, noch zu Lebzeiten einen Privatschreiber zu engagieren, um dessen Arbeit akribisch zu überwachen und ihr Vermächtnis mitzugestalten, war Gräfin Annalena-Magdalena Besta, Herrin von Breichingenhall, zeitlebens mehr den flüchtigen Genüssen als dem Dauerhaften zugewandt.

Zu sehr war sie wohl damit beschäftigt, den Umstand zu verdrängen, dass sie die letzte ihres Hauses war, und spülte diesen Kummer mit reichlich Champagner und Wodka hinweg, bis sie ihre eigene Sterblichkeit schließlich doch einholte.

Dann erst, den kalten Hauch des Todes auf der Stirn spürend, musste sie sich damit auseinandersetzen, dass mit ihr das Geschlecht der Bestas zu Ende ging und niemand mehr da war, der Ruf, Besitz oder Ehre des Hauses weitertragen würde. Umso wichtiger muss ihr die Chronik geworden sein, deren letzter Eintrag sie sein würde. Zu gewichtig war dieses Zeugnis ihrer Abstammung, ihrer Ehre, ihres Lebens, als dass es weiter aufgeschoben werden konnte. Sie lief Gefahr, mit ihrem Namen vergessen zu werden.

Zweimal fünfundzwanzigtausend Mark. Für einen Frischling. Für eine so fürstliche Summe hätte Frau Gräfin jeden haben können und doch erreichte das Notarschreiben ausgerechnet mich. Ich schrieb es dem glücklichen Umstand zu, dass ich durch meinen Lehrmeister, Prof. Dr. Erbarth-Lang, bereits in höheren Kreisen bekannt geworden war, und mein gut vernetzter Mentor mich sehr zu schätzen wusste. Vermutlich verdankte ich den Auftrag seiner Empfehlung.

Warum er ihn aber nicht selbst übernahm – was angesichts der Summe naheliegend gewesen wäre – konnte ich mir nicht erklären. Zumindest damals nicht, als ich in feinster Garderobe gekleidet, die mir Frau Gräfin hatte zukommen lassen, auf der Rückbank eines Wagens saß, der die lange Auffahrt von Breichingenhall entlang rollte.

Abseits des städtischen Treibens lag der Sitz der Gräfin in den weiten, sumpfigen Ebenen der norddeutschen Flachlandschaft, sodass der Blick aus dem Fenster ins Blassgrün der Felder und Waldränder fiel, die den Horizont säumten.

Das Herrenhaus schien den Besucher mit offenen Armen empfangen zu wollen: Seine Seitenflügel öffneten sich zur Auffahrt hin und umschlossen sie beinahe vollständig, als der Fahrer das Fahrzeug vor dem Haupthaus zum Stehen brachte.

Vom Hausdiener der Herrin wurde ich freundlich, aber reserviert empfangen. Der alte Niederländer namens Rasmus führte mich durch das ehrwürdige Herrenhaus zu meinen Gasträumen. Hier und da blieb er stehen, verwies auf eine Kuriosität, ein Bild oder eine architektonische Besonderheit.

„Die Frau Gräfin hat diese hier aus Ungarn einfliegen lassen, nachdem ihr der Phontara so gefiel", erklärte er und zeigte mir zwei befiederte Gegenstände, deren Funktion mir unbekannt war. Auch mit der übrigen Aussage konnte ich nichts anfangen.

„Frau Gräfin lässt sich entschuldigen", sagte er, als wir unseren Weg durch die Korridore fortsetzten und am großen Salon ankamen.

„Das nahm ich an, wo sie doch …", ich mahnte mich zum Schweigen, denn zu sehr schien mir der Hausdiener davon überzeugt, dass Frau Gräfin noch am Leben war. Das verwirrte mich, hatte ich doch selbst die Todesdokumente gesehen, wurde von der Agentur auf diese Besonderheit hingewiesen worden und wurde ich auch über ihre Beisetzung in der Familienkrypta auf den Ländereien Breichingenhalls informiert – wenn auch erst nachträglich. Doch hier stand der Hausdiener der Gräfin und tat, als sei seine Herrin noch daheim.

Mir war ohnehin aufgefallen, dass das gesamte Haus so geschäftig weiterlebte, als sei die Herrin noch zugegen. Üblicherweise – zumindest war es bei meiner vorherigen Arbeit so – wurden

Besitz und Einrichtung nach dem Ableben der Herrschaft aufgelöst, sofern keine Nachfolge angetreten wurde oder der neue Besitzer wenigstens Teile übernahm. Solange aber lag das Haus wie unter einem weißen Leichentuch aus groben Laken, die die Gemälde und exquisiten Möbel vor dem Verfall schützen sollten.

So aber nicht in Breichingenhall. Der Takt des Lebens ging durch diese Säle, so, als weigere sich der Hausstand, den Tod der Herrin zu akzeptieren, solange dieser nicht durch die Niederschrift in der Familienchronik besiegelt wurde. In Bezug auf meine Arbeit stimmte mich das zuversichtlich, dass ich auf viele Zeitzeugen zurückgreifen konnte, um das Leben der Gräfin angemessen darzustellen. Und ein weiterer Umstand machte mich froh.

Während die übliche Arbeit eines Chronisten unter anderem deshalb zur Geduldsprobe erwuchs, weil die porträtierten Herrschaften regelmäßig Korrekturen an unseren Texten vornahmen, blieb mir bei diesem Auftrag diese Bürde erspart. Soweit ich wusste war lediglich ich mit der Aufgabe

der Chronik betraut und niemand würde mir rein-
reden – ich sollte mich irren.

Zugleich aber hatte ich viele Quellen zur
Verfügung und – wie ich bereits im Vorfeld annahm,
ohne meine Zimmer gesehen zu haben – eine an-
genehme Unterkunft. Und das auch noch bei einer
so prächtigen Bezahlung. Das Glück, so dachte ich,
war mir gewogen.

Der alte Niederländer Rasmus platzierte
mich im Salon und öffnete mir die großen Terras-
sentüren zum Garten. Die neblige Spätherbstluft
trug den Hauch von Kamin- und Knickfeuer in den
Saal, ein Geruch, der mir als eingesessenem
Landburschen so vertraut war und mich unvermittelt an meine Jugend in Eckersbergen denken ließ,
ehe ich des Studiums wegen in die Stadt zog, die
mir nie recht zur Heimat werden wollte.

Nachdem der Niederländer verschwunden
war, kehrte er mit einigen Leberwurstschnittchen
zurück. Während ich mich im Salon stärkte, ließ
Rasmus mein Zimmer herrichten, das ich sogleich
bezog. Mein Quartier war behaglich eingerichtet:

Schwere, edle Möbel aus massivem Holz möblierten den Raum, der zu den weiten Feldern hinter dem Haus hinausging.

Die Wände waren mit floralen Tapeten und Gemälden mit Jagdmotiven geschmückt. Neben dem stattlichen Bett und dem weich lockenden Sofa war ein herrlicher Amtsmannschreibtisch das Herzstück meines Zimmers. An diesem Möbelstück würde ich wohl den Großteil meiner Zeit verbringen.

Ehe ich mich allein meinem Quartier widmen konnte, überreichte mir Rasmus mit ernster Miene einen Lederordner.

„Frau Gräfin wünscht, dass ich Euch diese Unterlagen aushändige", sprach Rasmus und verschwand mit knappem Gruß.

Aufgrund der rätselhaften Stimmung des Dieners, begab ich mich skeptisch samt Ordner an den Schreibtisch und löste die schwarze Samtschlaufe, die den Ordner verschloss. Frau Gräfin – oder vielleicht auch ihr Prokurist – hatte

sich offenbar die Mühe gemacht, mir einen Termin-
kalender zu erstellen, zu dessen strenger Einhal-
tung ich in einem maschinell verfassten Schreiben
aufgefordert wurde.

Sogar lag eine kostspielige Armbanduhr
bei – wohl in der Annahme, ich besäße keine eigene. Das jedoch war in meinem Fall nicht zutref-
fend. Scheinbar, so dachte ich, traute mir Frau
Gräfins Vertreter nicht zu, meine Arbeit selbstständig zu strukturieren. Oder – so kam mir der Gedanke – er wollte sicherstellen, dass ich mich nicht
aufgrund der Annehmlichkeiten des Hauses allzu
sehr in der Bequemlichkeit verlor. Genau genommen war das nie meine Absicht, obgleich ich mich
bei diesem Gedanken ertappt fühlte, mir ein ange-
nehmes Leben dort gut vorstellen zu können.

Schon am nächsten Tag war es mir daher
umso mehr ein Bedürfnis, mich an den strengen
Plan zu halten. Bereits in den Morgenstunden begab ich mich im Lampenschein in die Bibliothek
des Hauses, wo ich bei knappem Frühstück – welches ich natürlich nicht während der Durchsicht

der edlen Bücher und alten Dokumente einnahm – meinen Tag begann.

Neben der Darstellung des Lebens der Frau Gräfin gehörte auch die Ahnenkunde zu meiner Tätigkeit. Selbst wenn bereits chronistisch festgehalten, versuchte ich, die genauen Beziehungen und Abstammung der Annalena-Magdalena Besta im Gefüge ihrer Vorfahren, insbesondere ihrer nächsten Verwandten, zu ermitteln. Gerade bei posthumen Arbeiten war dies unabdingbar.

Abgesehen von der Suche nach entsprechenden Dokumenten und bereits verfassten Chronikeinträgen ihrer Vorfahren, wollte ich diesen Tag nutzen, um möglichst viele Schriftstücke zusammenzutragen, die in direkter Beziehung zur Frau Gräfin standen: Briefe, Tagebücher, Gerichtsschreiben, Notizen – Alles, was aus ihrer Hand stammte oder sie je passierte, war von Interesse.

Nun mag sich mancher Schreiber über meine Ausführlichkeit wundern, da eine so umfassende Recherche manchen Kollegen übertrieben erscheinen mag. Und ich stimme zu: So wie ich die

Arbeit anderer Kanzleien kenne, muss diese Gründlichkeit einigen fremd sein.

Doch im Gegensatz zu Nachschlagechroniken, die katalogisch Familienmitglieder eines Geschlechts auflisten, war die Kanzlei «Erbarth-Lang und Kollegen» auf biographische Chroniken spezialisiert, die die Lebensgeschichte eines Menschen umfassend darzustellen suchten.

Auf der Suche nach Zeugnissen dieser Geschichte befand ich mich also in diesen frühen Stunden. Allein die Recherche der Schriftsätze und Unterlagen würde viele Wochen beanspruchen – das war mir von Beginn an klar. Hinzu kamen die Befragungen von Zeitzeugen, um mir ein Bild von der Person der Gräfin zu verschaffen.

Im geschäftigen Schweigen über meine Arbeit gebeugt, saß ich im Dämmerlicht des nebligen ersten Morgens am Lesepult der Bibliothek. Dieses stand vor dem einzigen großen Fenster des Raumes und bot ausreichend Licht, um auch ohne Lampe lesen zu können.

Der elektrische Strom hatte es zwar in den Wohnflügel geschafft, jedoch nicht in die historische Bibliothek. Auch untersagte mir die Anweisung der Gräfin die Verwendung von Kerzen oder anderen offenen Lichtquellen, da diese die kostbaren Schriftstücke gefährden könnten. Ich erinnerte mich an eine Kantorei in England, von der mein Lehrmeister berichtet hatte, wo ähnliche Regeln galten.

Zur Arbeit in den dunklen Stunden gestattete mir Gräfin Besta lediglich eine kleine Öllampe, die auf breitem Sockel hinter dickem Glas eine kleine Funzel erzeugte. Schon am nächsten Tag würde ich eine Taschenlampe stattdessen mitnehmen und unglaublich vom Hausdiener gescholten werden. Das elektrische Licht sei nicht gut für die Seiten – ausgemachter Blödsinn, doch den Regeln galt es zu folgen.

Der kleinen Lampe überdrüssig, tauschte ich sie an meinem ersten Morgen bei nächster Gelegenheit gegen das nebeldumpfe Tageslicht, dessen trübe Schwaden schleichend aus den Wäldern über die Heide krochen. Von diesem gespenstischen Schein tief bewegt, ergriff mich frostiger Schauer in den kalten Hallen zwischen den Regalen voll von Büchern und Papieren, als ich in den grauen Garten blickte.

Still und steif stand sie da, eine Figur, die ich erst für eine Statue hielt. Ihr blasses Kleid, dem Nebel gleich, floss in edlen Zügen ihren Körper entlang und hing dem Winde nach. Unbewegt starrend war sie dem Walde zugetan. So stand sie und beobachtete. Harrte dessen aus, was dem Gehölz entsteigen sollte. Dunkle Schatten oder wildes Getier? Es kroch eilig aus dem Dickicht ihr entgegen!

Hastig sprang ich vom Schemel auf, die Frau zu schützen. Ohne zu wissen, wie und wovor, war ich schon laufend den Büchern entflohen und eilte durch die schwere Tür der Treppe zu. Ich lief hinab und fand zu meinem Schreck keinen Ausgang, der in den Garten führte. Wirr rannte ich durch den Flügel und stieß nur durch entweder leere oder zugestellte Räume, weite Flure und enge Gänge, bis ich voll Verzweiflung durch eine

Nebentür ins Freie stürzte. Doch war ich so verlaufen, dass ich die Stelle, an der ich für die Figur Gefahr befürchtete, bereits verwaist wiederfand.

Der blanke Gartenrand gab mir keinen Anlass zu glauben, ich hätte hier je etwas vorfinden können. Das trübe Licht, die Stille und der Nebel mussten mir einen Streich gespielt haben. So erklärte ich es auch der Hausdame, die besorgt in großer Eile mir vom Hause aus entgegenkam. Ich nutzte die Gelegenheit und erkundigte mich bei ihr, wie lange sie mit Frau Gräfin zusammengelebt hatte. Sie sprach, dass es bald zwei Jahre seien und sie hoffe, dass sie bald eine Festanstellung bekäme.

Wieder dieses Reden, als sei die Gräfin noch daheim. Als wäre dieses Spiel so wichtig. Als wüsste nicht längst die ganze Welt – oder zumindest jene, die es wissen mussten –, dass die Familie Besta nicht mehr existierte. Als wolle man jemanden täuschen – vielleicht sogar sich selbst. Schon wieder konnte ich mir nicht sicher sein, ob die Frau Gräfin nicht doch noch lebte. War das ein

Trick? Eine Möglichkeit, das Familienerbe vor den Landesenteignungen zu schützen, die überall im Land stattfanden? Oder war das Personal schlecht im Abschiednehmen? Auch Hannah, die Hausdame, hing offenbar sehr an der Herrin. Spätere Gespräche verliefen ähnlich. Fragte man sie nach ihren Plänen für den Tag, so antwortete sie meist „Ich mache heute Besorgungen für die Frau Gräfin", oder „Frau Gräfin wünsche dies und das". Wenn ich versuchte, sie auszufragen, etwa was sie nach ihrer Zeit in Breichingenhall plane, reagierte sie überrascht und fragte zurück, wie ich darauf käme, dass sie gehen würde.

Selbst wenn ich versuchte, jemand anderen aus dem Gesinde direkt auf dieses Verhalten anzusprechen, war das wenig erfolgreich. Hatte das Personal eigene Vorgaben erhalten, den Tod der Frau Besta zu verschweigen? Hoffte Frau Gräfin so zumindest ein Stück weit ihre Existenz in der Welt der Lebenden nur ein kleines bisschen über ihren Tod hinaus noch zu verlängern? Sollte ihr Einfluss ihre sterbliche Hülle überleben? Ich wusste es nicht, doch es verwirrte mich. Zugleich fand ich mich fürs Erste damit ab, dass ich diese Eigenheit des Personals zunächst hinnehmen musste.

Abgesehen von der rätselhaften Nebelgestalt, deren Existenz mir bis zum Nachmittag bereits höchst fraglich war, verlief der Rest des ersten Tages ohne große Besonderheit und ich legte mich, dem Zeitplan hörig, früh am Abend ins weiche Bett. Ich sah auf meine Uhr – meine eigene Uhr – die gerade mal neun anzeigte. Ich platzierte sie auf dem Nachttisch und löschte die Leselampe. Die Dunkelheit und Stille des Hauses empfing mich und nur der leise Takt der Uhr tickerte wohlig gleichmäßig in meine Ohren. So daliegend bedachte ich die Dinge, die ich heute über meine Auftraggeberin herausfinden konnte. Annalena-Magdalena Besta war die einzige Tochter unter vier Kindern des Grafen Ewaldt Augustin Besta und seiner dritten Frau Magdalena Emilia Besta, geborene Flensberg und Tochter eines Bankiers. Heinrich, der jüngste Bruder, starb bereits mit zehn Jahren an einer Kolik. Erich, der Älteste, und sein

Bruder Arnold starben beide im selben Krieg, sodass Annalena-Magdalena und ihre Eltern die Gebrüder überlebten.

Dem Beispiel des Vaters folgend, war Annalena-Magdalena dreimal verheiratet und im Gegensatz zu ihrem Vater dreimal verwitwet. Albrecht Eckholz, ihr erster Mann, verstarb im ersten Ehejahr im Alter von neunzehn Jahren wohl an einer Bronchitis. Leonard Benjamin Armbruster, der zweite Gemahl, verstarb nur drei Jahre später bei einem Seeunglück im Alter von dreißig Jahren. Der letzte der Gefährten der Gräfin Besta sollte erst viele Jahre später in ihr Leben treten. Über Liebschaften in der Zwischenzeit konnte ich bisher nichts finden. Solcherlei Details ergaben sich ohnehin meist aus den Befragungen der Zeitzeugen oder der kritischen Suche nach heimlichen Tagebüchern oder Briefen.

Edward Jonathan Bernstein, Sohn eines britischen Diplomaten, heiratete mit zwanzig Jahren die damals fast vierzigjährige Gräfin und starb nur fünf Jahre später im Opiumrausch – wohl durch Erstickung. Unweigerlich dem Verdacht des

Gattenmordes unterstellt, schien die Frau, deren Männer stets ein rascher Tod ereilte, das leichte Leben auszukosten. Belege ihrer Feste fanden sich reichlich, wenn auch nicht immer sauber geordnet. Rechnungen, Einladungen, sogar einige Zeitungsberichte wurden archiviert. Die Gräfin Besta, seit ihrem dreißigsten Lebensjahr alleinige Erbin des stattlichen Vermögens und der Ländereien ihres Vaters, mochte es bunt und extravagant. Belege über vierzig Schwäne, einhundert Tauben und zwanzig Pfauen für eine einzige Feier – nicht einmal zu einem besonderen Anlass – fanden sich gleich mehrmals in den Ordnern, die ich heute durchgesehen hatte.

Des Denkens müde geworden, lauschte ich wieder nach dem beruhigenden Ticken der Uhr. Doch ich hörte nur Stille. Ich konzentrierte mich mehr, doch es blieb still. Dabei hatte ich sie erst vor dem Schlafen noch aufgezogen. Ich schaltete die Nachttischlampe ein und blickte auf den leeren Platz neben dem Bett. Mit einem Male war ich wach und stand in Habachthaltung im Raum. Sie konnte nicht verschwunden sein. Hatte ich schließlich vor dem Zubettgehen noch die Uhrzeit abgelesen. Sie muss gestohlen worden sein. Doch wie war mir schleierhaft. Ich hatte nichts gehört und sich so leise neben das Ohr eines anderen Mannes anzuschleichen und ihm die Uhr zu stehlen, war unmöglich. Und davon abgesehen, war meine Uhr im Vergleich zu den Reichtümern des Hauses keine lohnende Beute.

Doch ich konnte mich dem Eindruck des Fremdeinflusses nicht erwehren, und griff nach der Taschenlampe, leuchtete in den angrenzenden Arbeitsraum und horchte. In angespannter Haltung, darauf bedacht, kein verräterisches Geräusch zu überhören, stand ich so wohl einige Minuten da, bis ich mich entschloss, in den Nebenraum zu gehen und die Tür zu überprüfen. Die Dunkelheit vor mir herschiebend, betrat ich das Arbeitszimmer, an dessen Ende sich die Zimmertür befand, und erwartete in jedem Schatten eine Gefahr. An der Tür stellte ich verwundert fest, dass diese so verschlossen war, wie ich sie hinterlassen hatte. Im Wissen, dass mindestens Rasmus ebenfalls einen

Schlüssel hatte, probierte ich leise, sie zu öffnen, um überprüfen zu können, ob wohl doch jemand durch sie hindurch gekommen sein konnte. Laut klackte der Schlüssel im Schloss, und mit knarzendem Geräusch öffnete sich die schwere Tür zum dunklen Flur. Kalt und ungastlich lag er vor mir, sodass sich mir die Haare aufstellten. Der finstere Korridor vor mir, das Dunkel hinter mir und die Ungewissheit, ob Gefahr lauerte in mir. Ich schloss schnell die Tür und beleuchtete das Arbeitszimmer.

Da hörte ich das leise Ticken. Sie lag auf dem Arbeitstisch – die Uhr, die von Frau Gräfin stammte. Plötzlich war sie aufgezogen. Spielte jemand mir einen Streich, so fand ich ihn nicht komisch. Wenig schlief ich diese Nacht. Immer wieder nach dem Ticken horchend, ließ ich die Nachttischlampe an und dämmerte nur immer wieder ein.

Es mochte der nächste Morgen gekommen sein, denn ich fühlte mich reichlich müde und das gelegentliche Eindösen streckte die Nacht reichlich lang. Ich beschloss, dass ich nicht mehr schlafen konnte und schlich mich zum Arbeiten in die Bibliothek. An diesem Morgen sollte Rasmus mich für die Taschenlampe ausschimpfen. Außerdem bemängelte er meine Unpünktlichkeit beim Frühstück. Als ich ihm, um Entschuldigung bittend, erzählte, dass mir gestern meine Uhr verschwunden sei, hielt er die Möglichkeit eines Diebstahls für ausgeschlossen.

„Frau Gräfin duldet solch eine Unehrlichkeit nicht in ihrem Haus", rechtfertigte er seine Entrüstung.

„Dessen bin ich mir sicher", erwiderte ich „Nur bin ich mir auch sicher, dass ich meine Uhr nicht mehr habe."

„Dann werde ich sogleich mit Ihnen hinaufgehen und Ihnen beim Suchen helfen. Sie werden Ihre Uhr brauchen, wenn Sie Ihren Plan einhalten möchten."

Rasmus holte noch einen zweiten Mann hinzu. Markus war ein junges Mitglied der Dienerschaft und gerade so kein Kind mehr. Er gehörte zu der Generation junger Männer, die den Krieg nicht erleben mussten. In Begleitung beider Männer ging ich zurück auf mein Zimmer. Ich war mir sicher, dass Rasmus mich bei einer Ausrede erwischen wollte. Umso verärgerter war ich, als wir das Zimmer betraten.

„Hier! Sehen Sie! Hier liegt doch Ihre Uhr!“, tadelte der Niederländer streng und schritt triumphierend auf den großen Schreibtisch zu, auf dem die Uhr der Gräfin lag.

„Nur ist dies nicht meine Uhr“, sagte ich daher.

„Nein, nein! Sie müssen sich irren! Dies ist Ihre Uhr. Frau Gräfin hat sie aus Dresden liefern lassen – seinerzeit versteht sich. Sie stammt aus dem Nachlass des Herrn Bernstein. Sehen Sie nur, wie wundervoll die Indizes gearbeitet sind. Und die kleine Sekunde! Sehen Sie nur wie ...“

„Es ist aber nicht die Uhr, mit der ich angereist bin!“, entglitt es mir schroff. Sichtlich durch mein Benehmen eingeschnappt, streckte Rasmus mir die Uhr entgegen.

„Na, wenigstens haben Sie nun keine Ausrede mehr für Ihre Verspätungen“, entgegnete er kalt. „Ich verlange, dass Sie fortan die Uhr am Tage tragen und es nicht mehr zu Verspätungen im Tagesplan kommt. Frau Gräfin bezahlt Sie reichlich genug, als dass sie von Ihnen ein entsprechendes Betragen erwarten kann. Und nun kommen Sie und essen Sie! Und Sie, Markus, machen das Bett des Herren."

Dem konnte ich nichts mehr entgegnen. Meine Versuche, Rasmus von dem Verlust meiner Uhr zu überzeugen, stießen auf taube Ohren. Zwar versicherte er mir halbherzig, die Belegschaft anzuhalten, nach der Uhr Ausschau zu halten, doch ich bezweifelte, dass er es ernst meinte.

Die Uhr der Gräfin – oder besser die Uhr ihres jüngsten Gatten – war tatsächlich ein sehr edles Stück, doch ich trug sie erst mit Widerwillen. Erinnerte sie mich schließlich an den rätselhaften Verlust meiner eigenen Uhr. Doch leistete sie mir gute Dienste in den langen Stunden vor den Urkunden und Ordnern des Breichingenhall und mahnte mich stets zur Pünktlichkeit zu den Mahlzeiten. Nach einigen Wochen verlangte es der Plan, dass ich von nun an wöchentlich in Klausur ging mit dem Notar der Gräfin – Ganz so unbehelligt sollte ich also doch nicht arbeiten können.

Ernst Förster war eine steife Person amtsmännischen Charakters, mit dünnem Brillengestell und streng gelacktem schütteren Haaren, die den Kopf zierten, welcher wiederum auf dem zugeknöpften dünnen Hals zwischen seinen hängenden, schmalen Schultern steckte. Wortkarg nahm er stets den Bericht über meine Fortschritte entgegen und war nicht darum verlegen, mich darauf hinzuweisen, dass ich mich verpflichtet hatte, den Auftrag gründlich und vor allem eilig zu beenden. Die Aufgabe allerdings war eine heikle, denn mein anfänglicher Optimismus die Quellenarbeit betreffend, wandelte sich bald in pure Bestürzung. Fast niemand im Hause konnte Auskunft über die Frau Gräfin geben. Niemand war länger als drei Jahre im Dienst des Geschlechts Besta. Der alte Rasmus hielt hierbei den Rekord. Doch von einigen Ausnahmen abgesehen, hatte das meiste Gesinde die Frau Gräfin nicht einmal zu Gesicht bekommen – auch nicht zu ihren ausschweifenden Festen.

Ich beschrieb ein Phantom. Doch dies zählte bei Herrn Förster nichts. Er las jede Woche peinlichst genau jede Seite des Manuskripts, die ich ihm vorlegte, markierte die Passagen, die ich umschreiben oder weglassen sollte und genehmigte mir nur langsam erste Seiten zur Kaligraphie in die altehrwürdige Chronik der Familie. Bei diesen Treffen wurde er nicht müde darum, meine Arbeit zu kritisieren.

„Nach dem Lob, das die Kanzlei ihnen aussprach, ging ich davon aus, dass sie schneller zu Werke schritten", sagte er mir bei einem unserer ersten Treffen.

„Frau Gräfin lässt Ihnen die zweite Hälfte Ihres Honorars erst auszahlen, wenn Sie zu ihrer Zufriedenheit den Auftrag erfüllt haben. Das beinhaltet auch ein zufriedenstellendes Tempo."

Sie ist doch eh tot, dachte ich mir insgeheim. Doch sicher konnte ich mir immer noch nicht sein. Heimlich durchsuchte ich gelegentlich das Haus. Doch das war eine heikle Angelegenheit. Schließlich musste ich ohnehin schon jede Handlung, jede Pause, jede Verzögerung in meiner Arbeit vor Rasmus erklären. Ihm glaubhaft zu vermitteln, ich habe mich in der Tür geirrt, funktionierte nur die ersten beiden Male, dann wurde ich sehr viel vorsichtiger. Doch fand ich keine Hinweise, dass Frau Gräfin wirklich noch im Hause war. Manchmal zweifelte ich sogar daran, dass es sie je gegeben hatte.

Ich beobachtete, wenn es mir möglich war, die Küche, zählte die Portionen. Ich bemerkte, dass sie immer weniger wurden. Mir kam daher langsam der Verdacht, dass dem Hause doch das Geld ausging. Wurde ich schließlich stets daran erinnert, mich an den Terminplan der Gräfin zu halten. Und dieser ging nur noch sechs Wochen. Es wirkte so, als habe es jemand wichtig, nicht zu lange Kosten tragen zu müssen. Während ich am Anfang noch ungestört und ruhig arbeiten konnte, schien mich Rasmus immer mehr zu überwachen. Immer häufiger hielt er sich auch in der Bibliothek oder in der Nähe meiner Zimmer auf. Während ich den alten Niederländer kaum mehr loswurde, sah ich das übrige Personal immer weniger. Noch ein Grund zur Annahme, dass Gehälter vielleicht nicht mehr gezahlt werden konnten. Der junge Diener Markus, den ich erst letzte Woche zu den Festen der Dame befragte, brachte mir nun nicht mehr das Abendessen. Auch die Hausdame Hannah bekam ich nicht mehr zu Gesicht. Als ich ihn nach den beiden fragte, tat Rasmus ahnungslos und wusste mit meiner Frage nichts anzufangen. Nach und nach vereinsamte ich in meiner ohnehin einsamen Arbeit.

Hinzu kam, dass ich schlecht schlief. Die Frau Gräfin war mir so präsent am Tage, dass sie mich bis in die Nacht verfolgte. Über die wenigen Informationen, die ich über sie hatte, sponn meine Fantasie ein reiches Netz an Bildern ihres Lebens. So saß ich lebhaften Gelagen bei. Mal erwachte ich mehrmals nachts von Festlärm. Lachen und Musik erfüllten dann die weiten Flure und rührten von der Halle her. Doch als ich ihnen nachging, fand ich alles dunkel vor und auch vom Lärm war nichts zu hören. Träumte ich, so schaute ich ihr bei der Korrespondenz über die Schulter. Schrieb die

Zeilen für sie mit, die ich dann am nächsten Tag in ihren Unterlagen fand. Legte ich nachts mein Haupt neben das ihre, erwachte ich am Bettenrand, als lägen wir zu zweit im Bett. Schlafend stand ich hinter ihr, wenn sie wachte, den Garten pflegte, im Wald spazierte.

Eines Morgens der siebten Woche war mir ein solcher Traum so lebhaft, dass ich ihm nachgehen musste. Ich erwachte noch vor der Zeit, die Nacht hing noch tief über dem frühwinterlichen Himmel. Fleckig lagen die Felder unter schüchternem Schnee, da es noch nicht ganz schneien wollte.

Der Wald war der Start meiner Suche. Die Erinnerung an die Frau im Nebel kam mir von sehr weit weg wieder in den Sinn. Ich kleidete mich an und nahm die Taschenlampe mit. Um ja nicht zu spät zum Frühstück zu erscheinen, trug ich auch die Uhr, als ich schleichend das Haus durch eine Seitentür verließ und dem finsteren Wald nachging. Finster mahnend und mystisch lockend sah ich durch die Stämme in die Dunkelheit der erkahlenden Kronen und schritt entschlossen durch das Holz. Von nichts als meinem Gefühl geleitet, drang ich ein in der Tiere Reich und scheuchte Reh und Mader vor mir her. Ich stob nach dem niedrigen Mond, der sich durch die Wipfel schob und mir den Weg zu weisen suchte. Ängstlich, dass der Morgen nahte, hastete ich ihm nach, bis ich waldens an die Küste traf.

Mit einem Mal, als ob nichts wäre, gab der dichte Wald ohne Vorzeichen den Blick auf das weite Wasser preis. Und am Rande dieser Klippe stand die Krypta, nach der ich suchte, ohne es zu wissen. Schneebedeckt, vom Mond beschien, war sie selbst einem Traume gleich. Als seien sie und ich in Wahrheit gar nicht hier.

„Jetzt hab' ich dich!", rief ich da „Jetzt hab' ich dich und du entkommst mir nicht. Ich hab' mein ödend Werk dir zu verdanken und doch machst du es mir so schwer, dich zu fassen! Sag mir endlich, wer du bist! Auf dass mein Auftrag für dich endet und dein Schreiber seine Ruhe findet!"

Schimpfend schritt ich zu, auf das Haus der letzten Ruh. Öffnete reißend mir die Tür und sah ruhend sie vor mir. Auf kaltem Marmor aufgebahrt lag die Frau Gräfin tot vor mir. Graues Leinen umhüllte die Glieder, die kaum mehr Haut und Knochen waren. Schwarz und faltig waren ihre Züge, in denen sich das Fleisch vom Knochen löste. Annalena-Magdalena Besta lag hier. Vor mir. Hatte ich sie hierher beschworen oder rief viel eher sie mich zu sich?

„Nun sehe ich, wen ich beschreibe. Wessen Leben ich erlebe. Wessen Hoffnungen und Träume ich versuche aufzudecken. Doch bist du mir ein verschlossenes Buch. Keine Ahnung habe ich von dir und schreibe doch, was von dir bleiben wird."

Ich umkreiste ihr Lager. Besah mir dieses merkwürdige Wesen, das einmal ein Mensch war. Wie sie wohl aussah, als sie noch lebte? Wie sie wohl aussah, als sie noch jung war? Da durchfuhr es meinen Geist. Ein Laut, ein Gedanke gar. Ein Fühlen doch Geräuschen gleich.

„Was ich war – und was ich bin – das weißt du ganz genau. Schreiber, – du warst – du lebtest mein Leben – wie – kein anderer es – hätte ge-konnt. – Schreibe, – Chronist, – was ich dir zeigte. – Dokumentiere, – was du hast geträumt. – Noch nie war mir ein Mensch – so – nah. – Noch nie – ein Mensch so viel über mich – gewusst. – Allen anderen war es – egal. – Doch du hast dich mit mir befasst. – Auch wenn dein Antrieb – Geld nur war.“

Schaudernd, fröstelnd, starr vor Schreck rührte sich kein Muskel. Krampfend und ängstlich blickte ich Frau Gräfin in die unbewegten Züge. Dann ein Gefühl der Wärme, der Versöhnung. Durch die Tür erkannte ich den schwachen Lichterdunst des Morgens. Ich löste mich und sah auf die Uhr. Gleich war es Zeit für Frühstück.

„Mit der Uhr nahmst du meine Zeit“, stellte ich fest und blickte ihr gefasst ins Gesicht, als führten wir ein Gespräch.

„Du nahmst mir meine Zeit und stelltest mich in deinen Dienst. Doch nicht mehr lang und ich bin frei. Nicht mehr lang und ich kann gehen. So wie du. Ich werde es tun, wie du es sagtest. Ich schreibe auf, was du mir zeigtest. Ich werde deine Chronik beenden und dich der Ewigkeit überlassen. Und dann habe ich mein Leben zurück."

Wieder blickte ich zur Uhr. Zu viel Zeit hatte mich alles gekostet. Ich fühlte, wie mich ein innerer Drang nach draußen vor die Krypta zwang. Als sollte ich nicht bei Tage bei der Gräfin sein. Als sei die Audienz beendet und jedes Zulangebleiben würde Strafen nach sich ziehen.

Und so hastete ich raus. Rannte blind durch das Gehölz, bis ich wieder Rasen spürte und mich mein Weg zum Hause führte. Rasmus empfing mich ungeduldig, denn mein Fehlen war bemerkt worden.

„Ich habe Ihnen bereits aufgedeckt. Der Kaffee ist sicher kalt", sagte er.

„Warum haben Sie das denn gemach? Sonst hat mir Hannah doch das Frühstück gebracht."

„Wie bitte?"

„Ich wunderte mich nur, dass nicht Hannah das Frühstück gemacht hat", wiederholte ich.

„Ich weiß wirklich nicht, von wem Sie sprechen“, entgegnete der Niederländer und geleitete mich hinein.

„Ich werde leider keine Zeit zum Essen haben, Rasmus. Ein dringender Auftrag der Frau Gräfin.“

„In der Tat?“

„Ja, in der Tat.“, antwortete ich. „Wir hatten eben eine Unterhaltung.“ Prompt blieb Rasmus stehen. Ich ließ ihn zurück. Ich eilte an den Schreibtisch und begann, das Ende der Chronik zu schreiben.

Heute schien die Sonne kaum. Grau behangen war der Himmel. Dunkel war mein Arbeitsraum, nur erleuchtet von der Schreibtischlampe. Schattenlarven hingen in den Ecken. Sie luden Dämonen ein, sich in ihnen zu verstecken. Der Diener ließ mich machen. Kam nur manchmal und verschwand recht schnell. Stellte mir gelegentlich ein Glas hin, einen Teller, räumte dann alles unberührt wieder ab. Ich schrieb an einem Stück, was mir die letzten Wochen so sehr schwerfiel. In der

Dunkelheit des Raums kam mir manchmal das Gefühl, ich sei im Zentrum allen Seins. Nichts und niemand drang ein in meiner Gedanken Reich. Gelegentliches Frieren, wenn ein kalter Hauch den Nacken streifte. Wenn wie im wahnsinnigen Traum der Tag zur Nacht gereichte. Als wenn – ohne, dass ich wusste wie – eine unsichtbare Kraft das Buch durch meine Finger schrieb. Eben ging Rasmus wieder und nahm das Abendbrot gleich mit.

„Rasmus!", rief ich „Ich bin fertig! Komm nur! Schau! Das Manuskript!"

Doch still blieb es im ganzen Flur, in dem vorhin der Mann verschwunden. Ich ging ihm nach, doch fand ich nur das leere Haus. Keine Seele lebte hier. Und auch war alles, was eben noch so wunderbar gepflegt und wohl behütet war, eingesponnen unter Spinnen, Staub und Unrat, als sei Breichingenhall schon seit einiger Zeit verwaist. Lange Flure, stumm und still. Weit und leer. Ich war allein. War verloren in der Einsamkeit des großen Hauses. Ich fühlte mich plötzlich so klein. So fehl am Platz. Als habe ich den Moment verpasst, nach

Hause zu gehen. Der Staub regierte nun in Breichingenhall – ich hatte hier nichts mehr zu tun.

So kehrte ich zurück auf mein Quartier. Ich packte meine wenigen Sachen – die Garderobe, die mir Frau Gräfin schenkte, die Uhr, die sie mir gab, das Manuskript, das ich noch heute dem Notar schicken wollte – und verließ das Zimmer.

Im Dunkel des Hauses leuchtete mir meine Taschenlampe den Weg. Meine Lampe, so dachte ich, war das einzige, das ich behalten habe. Alles andere habe ich von der Gräfin erhalten.

Ich schritt die lange geschwungene Treppe der Eingangshalle hinab und stand dann vor dem Eingangsportal. Ein letztes Mal besah ich mir das verfallene Mobiliar. Heruntergekommen und zurückgelassen, wie alles, was Breichingenhall je beherbergte. Ich öffnete die schwere Tür, trat einen Schritt hinaus und trat knirschend auf etwas Hartes. Unter meinem Stiefel besah ich meine verlorengegangene Uhr. Sie lag – nun kaputt – vor der Tür des Herrenhauses, als habe ich sie bei meinem Einzug hier abgelegt. Gerührt hob ich sie auf und nahm sie wieder um. Frau Gräfin hatte genug über meine Zeit verfügt.

Auch über ihren Tod hinaus.

ANLEITUNG ZUM WAHNSINN

Hören Sie mir zu, Dr. Winkler. Und schreiben Sie es sich auf. Können Sie Steno? Auch egal. Schreiben Sie es vielleicht doch nicht mit. Nein, lassen sie keine Schwester kommen. Und machen Sie das Ding da aus.

Ich sage Ihnen etwas. Die Menschen denken immer: Wahnsinnig, das sei man halt. Schon immer wahnsinnig, immer schon auffällig. Dass der Verrückte mal nicht wahnsinnig war, vergessen viele. Er ist keine andere Spezies. Vielleicht verunsichert das die meisten. Der Wahnsinnige ist unvorhersehbar. Die Menschen können sich nicht auf ihn einstellen, sich nicht auf ihn verlassen, ihn nicht lesen. Das macht ihnen Angst. Doch hält der Wahnsinnige ihnen auch den Spiegel vor. Denn auch er ist nur ein Mensch. Sie könnten er sein, wenn die Dinge anders gekommen wären.

Die Menschen tun immer so, als sei der Wahnsinn schon immer da, man habe es nur nicht erkannt. Doch Wahnsinn kommt in Wellen. Steigert sich. Sucht sich seine Lücken in der Seele, die er ausfüllen kann.

Es gibt nicht diesen einen Moment, in dem alles kippt. Es ist eine Summe aus Momenten, die sich langsam potenzieren. Wahnsinn kommt in Wellen und Wahnsinn geht nicht weg – nicht von alleine.

Dr. Winkler, hören Sie zu! Erst ist es vielleicht ein Versehen, ein Zufall, in dem du es bemerkst. Du spürst, wie sich in dir etwas regt, wie eine Made im Fleisch, ein Parasit im Gewebe. Es erwacht in dir aus tiefem Schlaf. Fremd und doch brüderlich. Wie eine alte Liebe, die du vergessen glaubtest.

Doch dann folgt auf hohes Glück tiefe Scham. Du weißt um das Tabu, ringst im Konflikt deines Selbstbildes. Du. Bist. Nicht. So. Sagst du dir. Du willst so nicht sein. Was immer es auch war, es hatte nichts mit dir zu tun. Das sagst du dir.

Und doch ..., wenn sich die ersten Wogen glätten. Die erste Welle an der Seele brandet, du vielleicht schon gar nicht mehr daran denkst, dass es da war ... denkst du an die Lust, die es dir bereitet hat. Doch es kann nicht sein. Es war ein Versehen, denkst du dir. Das kam nicht von dir, nicht aus deinem Wesen. Du kennst dich doch ... nur wohl nicht gut genug.

Erst versteckst du es. Du erzählst es niemandem und schweigst auch vor dir darüber. Doch es lockt. Säuselt immer wieder, wenn sich die Gelegenheit bietet. Ein Blick? Ein Reiz? Ein Gedanke? Nur ein Wort? Macht. Gewalt. Verrohung.

Wenn die Seele schweigt, kann der Trieb übernehmen. Das innere, tierliche ist tief in dir und findet seinen Weg. Was oft genug schabt, darf irgendwann auch Larven legen. Und wenn der Reiz kommt, schlüpft der Wurm aus dem Kokon. Du denkst an die Lust, bist in freudiger Erwartung ... und nimmst ihn an. Lässt dich darauf ein. Denkst nicht einmal an Wiederstand. Trägst ihn aus, wie eine junge Mutter. Du freust dich auf das Gefühl, dass er dir gibt, wenn er sich erst windend aus deinem Inneren schält. Doch erwachst du dann wieder aus deinem Rausch ... das ist so wie Absinth,

Dr. Winkler. Du bist voller Scham und schwörst, es nie mehr zu tun. Und doch weißt du: Bietet sich die Gelegenheit, wirst du sie wieder nutzen. Egal wie schlecht du dich mit klarem Geiste deshalb fühlst.

Irgendwann meidest du die Reize nicht mehr – Du suchst sie. Willst das finden, das in dir so tief resoniert. Den Keim zum Schlüpfen bringt. Dir diese Lust, diese Freiheit beschert! Du wirst verrückt, wenn du keinen findest. Ironie ist das, Dr. Winkler. Du schaffst dir die Bezüge selbst. Auf der Suche nach ihnen siehst du die Reize dann auch immer mehr. Als seien deine Sinne plötzlich ge-schärft, aber nur auf diese Sache. Können Sie mir folgen, Dr. Winkler? Die Welt um dich verändert sich. Es zählt: Diese. Eine. Sache.

Frau, Familie, Arbeit ... kommt ein Reiz, bietet sich auch nur die Chance auf ihn ...! Du fin-dest einen Weg, ihm nachzugehen – und sei es, allein. Irgendwann reicht kein Suchen mehr. Dann beginnst du, dir die Reize auszudenken, sie in die Dinge reinzulegen. Dann, Dr. Winkler, schwappt der Wahnsinn an deinen Geist. Immer stärker, immer wilder. Wollüstig will er dich erobern und du gibst dich ihm mit Freude hin. Lässt dich von ihm nehmen voller Wonne. Und dann siehst du die Beziehungen in den Dingen: Hat der Hund dich gerade angesehen? Kribbelt der Kopf, wenn das Radiogerät läuft? Verhöhnt dich die Amsel? Weshalb steht dieses Fahrrad da? Ist jemand zu Hause? Ist das da deine Tasche oder weshalb ist sie rot? Brennt deine Haut am Telefonapparat?

Nur im Wahnsinn ergibt das Sinn, denn nur der Verrückte erkennt darin System. Er erkennt Bezüge, die die anderen nicht sehen. Er setzt Dinge in Beziehung, sucht sich seine Reize und bezieht die Welt auf alles, was ihn reizen könnte. Ist das Gerät wirklich ausgeschaltet, Dr. Winkler? Es gibt so komische Geräusche von sich. Nun, dann lassen Sie mich noch etwas sagen:

Die Menschen verhalten sich gerne so, als wäre ihnen der Wahnsinn egal. Sie ignorieren die Verrückten ihrer Stadt. Bedauern höchstens, wenn es von ihnen mehr werden und wenn sie in das

behütete Leben der anständigen Bürger eindrin-
gen ... Sie haben vor ihnen Angst. Doch ... Moment,
was schreiben Sie da auf? Doch: Der Wahnsinn ist
nicht irgendetwas Fremdes ... Er ist wohl vertraut.
Man könnte meinen, im Wahnsinn kennt der
Mensch sich mehr, als er es im Klaren tut. Man
könnte denken, er ist mehr bei sich, in seinem Wesen, seinen tiefsten, verborgensten Wünschen, die
sich jeder Moral, jeder Gesellschaft, jeder Konven-
tion entziehen ... Ist er frei? Steht er als einziger zu
seinem wahren Wesen während die anderen sich
verleugnen? Oder hat er sich vergessen und ist
nur noch seine Lust? Ist der Wahnsinnige sich
selbst ein Fremder oder die pure Form seiner
selbst? Was denken Sie, Dr. Winkler? Antworten
Sie nicht sofort. Denken Sie darüber nach.
Schauen Sie gefälligst nicht so. Man könnte noch
meinen, Sie hielten mich für verrückt.

Nein. Der Wahnsinnige ist nicht nur verrückt. Man darf nicht vergessen, dass er ein
Mensch ist: Er hat Eltern, ein Lieblingsessen, Lie-
der, die er gerne hört, liebt vielleicht das Geräusch

117

von Regen. Der Wahnsinnige, Dr. Winkler, hat eine Lieblingsfarbe.

Die Menschen denken immer: Wahnsinnig, das sei man halt. Doch der Wahnsinn kommt in Wellen. Unverhofft. Plötzlich. Leidenschaftlich. Dr. Winkler? Sie gucken so. Sie werden ihn kennen, oder? Diesen Konflikt? Wenn Sie etwas getan oder gespürt haben, dass nicht hätte sein sollen. Sssch, Dr. Winkler. Sie müssen nichts sagen. Stopp! Lassen Sie die Hand, wo ich sie sehen kann! Verleugnen Sie sich nicht ... seien Sie wenigstens ehrlich zu sich selbst. Nein? Was machen diese Leute hier? Dr. Winkler, Sie Idiot! Sagen Sie ihnen, dass sie mich loslassen sollen! Niemals! Niemals! Ich komme nicht mit! Dr. Winkler, denken Sie immer daran, dass der Wahnsinnige nur ein Mensch ist,

der der Anleitung zum Wahnsinn folgte!

Komisch, wie normal die Straße jemandem erscheinen musste, der zum ersten Mal sie sah. Wie unauffällig harmlos. Wie unschuldig normal. Eingehüllt in das fahle Licht des Frühlingsabends.

„Ich fahr rüber zu Jette!", rief die kleine Friederike und hüpfte aus dem Haus am Ende der Straße, die zugleich den Rand des Dorfes markierte.

„Dann kannst du auf dem Hinweg der Oma Jaspers noch rasch die Zeitung vorbeibringen!", antwortete die Mutter und eilte aus der Haustür ihr nach. Verärgert, weil sie nicht sofort zu ihrer Freundin konnte, stapfte Friederike zurück und nahm maulend die Zeitung entgegen.

„Oh warte", sagte die Mutter und verschwand rufend im Haus, „dann kannst du der Oma Jaspers auch gleich die Zigaretten und die Eier mitnehmen."

„Und wie soll ich die auf dem Rad schleppen, ohne dass sie zu Bruch gehen?", stöhnte

Friederike, der die Aufgabe nun zu umfangreich wurde.

„Mein Rad lasse ich nicht hier. Das will ich schließlich Jette zeigen", gab sie hinzu und hoffte, somit klarzumachen, dass sie nicht bereit sei, sich in ihrem Vorhaben einzuschränken.

„Das kriegst du schon irgendwie hin", entgegnete die Mutter, gab ihr einen Kuss auf die kleine Stirn und verschwand wieder im Haus.

Umständlich – gespielt mühselig, damit die Mutter sah, welche Umstände ihr die lästige Aufgabe machte – lud Friederike ihre Fracht in ihr kleines Körbchen am Fahrrad und rollte wackelig vom Hof.

Vor ein paar Jahren hätte einer ihrer Brüder das Bündel der alten Frau gebracht. August wäre nun 20, Kurt 23 und Karl sogar schon 25. Vom Vater ganz zu schweigen. Friederike wusste nicht mehr viel von ihm, und die wenigen Erinnerungen wurden immer vager. Er war der Uhrmacher des Ortes gewesen und nicht darum verlegen, Dreh und Angelpunkt des Dorfes zu sein, wenn es um Besorgungen und Freundschaftsdienste ging.

Wer irgendetwas brauchte oder Zeit hatte, ging zu Wilhelm Fröhlich – der wusste immer, was im Dorf anstand. Und wenn nichts anstand, trafen sich die Männer bei Uhrmacher Fröhlich zum Trinken und Kartenspielen. Doch jetzt nicht mehr. Ohnehin gab es kaum Männer mehr im Dorf. Nur die, die nicht fortmussten. Die Alten, die Kranken.

Doch ihre Brüder, ihr Vater – die waren nicht alt und krank – die waren nun tot. Oder gefangen. Die kleine Friederike dachte viel darüber nach und wie Zement machte ihr das die junge Seele schwer.

Während die Erwachsenen dachten, dass ihr Schweigen das Mädchen vor dem Grauen beschütze, so missachteten sie, dass Friederike die Jungs und Männer der Straße immer noch sah. Wie graue Puppen standen sie vor ihren Häusern. Starrten blind so vor sich hin. Rührten sich nicht, sprachen nicht, ließen sich nicht berühren. Doch waren sie da.

Friederike war zwar noch klein, als die Briefe für die Einberufung kamen, doch umso lebhafter sah sie die Menschen, die sie in dieser Zeit verlassen mussten. Sie sah sie wirklich. Als graue Geister der Erinnerung hafteten sie dem kleinen Mädchen an. Und diese Erinnerung war ihre Last. Wie gern würde sie vergessen, verdrängen. Wie gern hätte sie, dass die grauen Gestalten in den Vorgärten verschwanden. Erst hatte sie es angesprochen. Ihrer Mutter erzählt. Anderen Frauen im Dorf. Die wollten davon nichts wissen. Wurden immer ruhig, wenn sie damit anfing. Manchmal schimpften sie auch mit ihr. Als sei es etwas Böses, dass Friederike die Gestalten sah. Sie wusste immer noch nicht, ob auch die anderen die Gestalten sahen, doch bezweifelte sie es mittlerweile.

Hier bei Frau Gerkens – ihrer Lehrerin – stand unbewegt der Ehemann. Grau und stumm stand er da – mit leblosem Blick und trauriger Miene. Er starb an Tetanus, nachdem er sich in Frankreich verletzt hatte. Nicht im Gefecht. Auf einem Bauernhof. Da kämpfte er schon im Krieg und starb an einem Unfall. Friederike konnte zynisch sein. Zurecht. Denn während die Männer gingen und starben, blieb hier alles an Mutter und den anderen hängen. Sie blickte schmallippig in ihr kleines Körbchen. Und an ihr blieb es auch hängen.

Sie wusste nicht mehr genau, wann es anfing, dass sie die Gestalten sah. Doch weil sie jung war, weil sie Kummer gewohnt war, schienen ihr die Gestalten nichts mehr Unheimliches zu sein. Doch machten sie sie stets traurig, erinnerten sie doch daran, was mal gewesen war und nicht mehr sein wird. Die anderen im Dorf redeten nicht über die Männer, also tat Friederike es auch nicht – verschwieg mittlerweile, dass sie sie sah. Es war ihre Last, nicht die der anderen.

Wie schön die Straße doch aussehen musste, dachte sie sich heimlich, ohne die Schatten von früher. Wie schön es doch sein musste, wenn man nicht wie sie die Vergangenheit in allen Dingen sah. Doch wie ein Leichentuch auf den Dächern lag der Krieg in diesem Ort begraben und stellte ihr die bleichen Gestalten in die Vorgärten.

Beispielsweise Müllers Eckhardt – er war der beste Freund von ihrem Bruder Kurt. Der wohnte in dem Haus da drüben. Das mit der Vogeltränke und dem Reetdach. Damals gerade 18 geworden. Nachricht, was aus ihm wurde, gab es nie, doch Friederike wusste, dass er in Gefangenschaft starb. Man sah es an seinem knochigen Körper, der drahtig neben der Tränke stand und neidvoll die Vögel beim Baden besah. Beliebt bei seinen Kameraden, ein guter Soldat mit technischem Geschick – begabt darin, die Motoren zu warten. Für ihn hatte auch der Feind Verwendung – bis er sie nicht mehr hatte und Eckhardt hungerleidend starb, als er auf seine Rückführung wartete, die der Feind bewusst hinauszögerte. Der Krieg war vorbei – die Kämpfe nicht. Und immer, wenn Friederike an ihm vorbeifuhr, fragte sein starrer Blick, was aus Kurt wohl geworden war.

Sie wusste es nicht – ausgerechnet bei ihm wusste sie es nicht. Nichts von dem, was sie dachte, konnte sie wissen, doch wusste sie es mit Bestimmtheit. Sie war kein unschuldiges Kind.

Jung, das ja, aber kein Kind. Die letzten Jahre hatten auch sie zur Frau gemacht – so dachte sie zumindest darüber. Und das nicht zu Unrecht. Zusammen mit den anderen Frauen hielt auch sie die Gemeinschaft zusammen, stand für sich und die anderen ein. Füllte die Lücke, die der Krieg gerissen hatte. Und lebte mit den grauen Kreaturen.

Sie fuhr vorbei am Haus des alten Hans Albrecht. Die toten Gesichter der Geschwister Albrecht hingen still ihrem Grauen nach. Mittlerweile ignorierte sie es. Sie konnte eh nichts mit ihnen tun. Sie blieben stumm und taub. Gafften nur vor sich hin. Standen nur rum, damit sie sie sah. Damit sie daran erinnert wurde, wie leer die Straße eigentlich war.

Hauke Albrecht war verblutet. Das sah sie an dem Loch in seinem Bauch. Lange muss das gedauert haben. Ganz verschlammt war seine Kleidung. Er muss stundenlang gelegen haben, bis es vorbei war. Seinem Bruder Holger Albrecht hatte es das Gesicht zerfetzt. Er war bei der Artillerie. Deren Munition war hoch explosiv. Der jüngste von ihnen, Guntram Albrecht, starrte stets am traurigsten vor sich hin. Zur Marine hatte es ihn gebracht und aufgedunsen war sein Leib, nachdem sein U-Boot wasserfing. Kalt und eng wurde es Friederike dann, wenn ihr Blick seine Augen traf. Die Gabi, Guntrams Verlobte, war noch immer nicht verheiratet. Sehr zum Missfallen ihrer Mutter.

Aber es gab ja auch kaum jemanden, den Gabi heiraten konnte. Die paar Söhne, die den Müttern blieben, waren kaum der Rede wert. Auch die Jungs der Nachbardörfer gewannen keine Preise, wenn es darum ging, eine junge Frau zu halten – geschweige denn zu gewinnen. Es fehlte ihnen an … allem, so sagte es zumindest Jettes Schwester Alma. Und die wusste es vermutlich mit am besten, dachte Friederike. Sie hatte es ja schließlich oft genug schon ausprobiert. Das lag daran, so sagte Jettes Mutter immer, dass die Jungs keine Väter hätten, die es ihnen beibrächten. Das erschien Friederike unlogisch. Schließlich war sie auch vaterlos, hatte aber den Eindruck, ganz ordentlich geraten zu sein.

Sie fuhr vorbei an Frau Hansens Haus und an Theodor und Wilhelm Hansen – Vater und Sohn. Gebracht, dachte Friederike, hat es Wilhelm auch nichts, dass er seinen Vater hatte. War es vielleicht sogar jetzt für die Jungs besser? Schließlich lebten sie – waren zwar verzogen, aber lebendig.

Anders als Herr Dr. Jaspers, Oma Jaspers Mann. Von all den Gestalten, die Friederike täglich so verlässlich sah, ließ er sie immer schaudern. Gerade noch nicht alt genug. Gerade noch nicht krank genug. Nicht verbraucht genug, um sinnlos verheizt zu werden.

Das kleine Fahrrad kam zum Stehen. Wie so oft besah sich Friederike den Mann und vor Ekel schüttelte es sie. Von den gequält heraus-quellenden Augen über den Mund, dessen Kiefer zertrümmert war und die graue Zunge wie eine makabere Krawatte herabhing, entlang des ge-quetschten Brustkorbs, der nach innengedrückt seitlings stachelige Rippen trug, bis hin zum offe-nen Bauch, aus dem geplatzte Gedärme hingen. Zermalmt hatte es Dr. Jaspers, als er im Schmutz lag und seine Kameraden ihn in der Flucht übersahen. Er war nur gestürzt. Dann war er gefallen.

„Grüß dich, liebes Kind!", rief es aus dem Garten. Ruckartig drehten sich beide zur Stimme um und Friederike erstarrte. Dr. Jaspers. Er blickte in Richtung seiner Frau. Friederike bemerkend, wandte sich sein kaputtes Gesicht langsam dem Kind zu, als sich Frau Doktor näherte. Kalter Ekel machte Friederike den Magen flau, als der graue Jaspers ihr direkt in die Augen sah.

„Was stehst du denn hier rum, Klein Frieda?", begrüßte Oma Jaspers sie herzlich. Sein Blick bohrte sich in die Kinderseele. Trieb Widerhaken in sie hinein. Krallte sich fest an ihr. Fasste sie. Ergriff sie. Leicht neigte er den Kopf. Starrte sie an, als würde auch er nicht verstehen.

„Das ist aber lieb, dass du uns besuchst", sagte Oma Jaspers und stellte sich neben ihren Mann.

„Uns?", fragte Friederike den Blick an den des Toten geheftet.

„Na mich und die Hühner. Lass mich dir das mal abnehmen. Tut ja nicht not, dass du das die ganze Zeit schleppst", entgegnete Oma Jaspers, griff nach dem Körbchen und streifte dabei ihren Mann. Schaudernd hielt sie inne.

„Das ist auch frisch heute", sagte sie und rieb sich fröstelnd die Oberarme.

„Na dann komm mal mit. Mal sehen, ob die Oma für dich noch was Schönes findet."

Oma Jaspers ging los und blieb nach einigen Schritten stehen.

„Oder möchtest du nicht?", hörte Friederike sie sagen. Sie riss sich los.

„Doch Oma Jaspers. Ich komme."

Sie rollte an Dr. Jaspers vorbei, der ihr bis zum Hause nachblickte. Seinen starren Blick im Nacken stellte Friederike ihr Fahrrad vor das Haus der Oma Jaspers und blickte sich beim Reingehen mehrmals zu ihm um.

„Ich möchte gleich noch zur Jette", begann sie, um sich zu einem Gespräch zu zwingen. Oma Jaspers sollte keinen Verdacht schöpfen. Dennoch rasten ihre Gedanken. Dr. Jaspers hatte auf den

Ruf reagiert. Oma Jaspers hatte ihn berührt. Nur kurz, aber sie hat es gespürt.

Sie betraten gemeinsam die Stube. Friederike sah besorgt aus jedem Fenster. Am liebsten würde sie an einem von ihnen Posten beziehen und den Dr. Jaspers bewachen, bis er wieder normal wurde. Doch sie beherrschte sich, um sich nichts anmerken zu lassen.

„Das ist aber schön. Du möchtest Jette bestimmt dein neues Fahrrad zeigen", sagte die Oma und holte aus ihrer Kommode die Keksdose. „Das ist mir nämlich gleich aufgefallen. Sehr schick."

Während Oma Jaspers probierte, die Dose zu öffnen, versuchte Friederike wie beiläufig aus dem Fenster zu sehen.

„Ja, das hat mir Tante Elli aus der Stadt mitgebracht", sagte sie, doch Entsetzen packte sie. Der graue Mann war verschwunden. Immer stand Dr. Jaspers da, doch nun war er weg. Nervös tapste das Kind ans Fenster, wollte unauffällig nach ihm suchen.

„Ach, ich krieg die blöde Dose nicht auf. Da muss mir Hans wohl helfen", sagte die Oma. Friederike drehte sich erschrocken zu ihr um und sah erleichtert, dass die alte Frau zu einem Porträt des Toten ging, vor dem ein Brieföffner lag.

„Ich …", begann Friederike, die den schnellen Aufbruch suchte. Sie hatte sich entschieden. Sie musste den Verschwundenen finden. Oma Jaspers hatte soeben die Dose geöffnet. Klein Frieda griff sich hastig einen Keks, bedankte sich knapp und war schon halb aus der Tür gehastet, als der Graue vor der Haustür war. Schlurfend, seine Gedärme tragend wie schmutzige Wäsche, war er nur noch wenige Schritte von der Tür entfernt.

„Nanu", wunderte sich die alte Frau, die ihr aus dem Wohnzimmer nachkam. „Was ist denn los? Weshalb schließt du die Tür?"

Friederike, kreidebleich, sah Oma Jaspers lange an. Ihr Herz schlug heftig.

„Ich kann nicht raus", keuchte sie. „Kann nicht raus, weil …", doch ein Grund fiel ihr nicht ein.

„Hast du alle Türen geschlossen?“, sagte sie stattdessen.

Besorgt trat die Frau an sie heran. Sie wirkte alarmiert. Wachsam.

„Ist alles bei dir in Ordnung?“, fragte sie.

„Was ist da draußen, dass du nicht raus kannst?“

„Der graue Mann“, keuchte Friederike. „Der graue Mann. Die grauen Wesen ...“

Während Friederike vor sich hin stammelte, spähte Oma Jaspers aus dem Fenster, in Erwartung, fremde Männer auf der Straße zu sehen. Doch die Straße war leer. Keine Menschen. Keine Autos. Nichts regte sich. Nur der Abend kroch langsam hinter den Baumwipfeln des nahegelegenen Waldes hervor.

„..., wenn sie sich jetzt bewegen. Was ist anders? Was ist geschehen? Sie bewegen sich nie. Jetzt schon. Dr. Jasper ist ...“. Bei dem Namen ihres Mannes drehte sich die alte Frau rasch um.

„Was sagst du da?“ Sorge und Zorn schwangen in ihrer Stimme mit und bannten den Blick des Kindes auf dem ihrem.

„Was redest du da über meinen Hans?" Langsam näherte sie sich Klein Frieda, um sie zu beruhigen und eine vernünftige Antwort aus ihr herauszubekommen. Das verstörte Kind ängstigte sie. Lange nicht mehr musste sie ein Kind derart beruhigen.

„Alles gut, Klein Frieda", beschwichtigte sie das Mädchen, doch Friederike wurde immer unruhiger. Mit einem gellenden Kreischen preschte sie auf einmal los und stob die Treppe hinauf. Oma Jaspers konnte gar nicht schnell genug dem Kind folgen, da durchfuhr sie ein kalter Schlag, der sie zu Boden rang. Knallend wurde oben eine Tür verschlossen. Schreiend und tobend rang das Kind mit einer unsichtbaren Bedrohung.

Schiere Angst ergriff die Frau. Sie raffte sich auf und hetzte die Treppe hinauf. Hinter der Tür des Arbeitszimmers drangen Klein Friedas Weinen und Flehen an ihr Ohr. Oma Jaspers packte die Klinke und kalter Schock erfasste sie; stieß sie von der Tür. Als würden sich die Sekunden zu Minuten dehnen, sah sie sich selbst. Sie taumelte rücklings der Treppe zu und fiel hart ins Erdgeschoss zurück.

Mit pochender Hüfte und stechender Schulter kam sie umständlich wieder hoch und traf eine Entscheidung. Frieda sich ihren Dämonen überlassend, eilte sie aus dem Haus. Angst trieb sie an, doch floh sie nicht – sie holte Hilfe.

Lotte Kolm-Sander lebte neben der alten Frau Jaspers. Sie würde ihr helfen können, die verschlossene Tür zu öffnen und Friederike zu beruhigen. Humpelnd erreichte sie das Nachbarhaus. Lautstark schlug sie gegen die Tür. Besorgt rannten sie und Lotte Kolm-Sander zurück zu Klein Frieda.

Als sie in das Haus eilten, war alles still. „Friederike!", riefen sie auf ihrem Weg treppaufwärts. Die Tür zum Arbeitszimmer lag offen da, gab den Blick frei auf Klein Frieda.

Doch leise war sie. Kein Mucks mehr sagte sie. Niemand konnte ihr entlocken, was ihr widerfahren war. Sie konnte es nicht sagen. Sie konnte es nicht in Worte fassen. Eingesperrt mit Dr. Jaspers, der immer näher kam. Nie wird Friederike seinen Anblick vergessen. Der traurige Blick. Als ihr klar wurde, dass dies keine Jagd war. Es nicht ihre, sondern seine Flucht war... Großer Schauer machte sich in ihr breit, als ihr klar wurde, dass sie die Geister an diese Welt band. Sie gefangen hielt in ihrer Form. Ihnen verbot, nach Hause zu gehen. Doch konnte sie nicht anders. Konnte sie nicht loswerden. Sie sah ihn. Spürte, als sich seine kalte Hand an ihre Wange legte. Der flehende Blick. Der Schmerz des grauen Mannes stach sich tief in Friedas Wesen. Hinterließ eine Furche, die tiefer war, als jeder körperliche Schmerz sie hätte ziehen können. All das hätte sie sagen können. Gefragt wurde sie oft genug. Von Oma Jaspers, der Mutter, dem Pfarrer, sogar für einige Wochen ins Spital brachte man sie. Doch sie schwieg und tat es somit den Leuten gleich. Sprach nicht mehr über die Männer, nicht mehr über die Gestalten. Aus dem lebhaften Mädchen war ein angstvolles Kind geworden und immer wurde es der Mutter schwer, wenn Klein Frieda rausgehen sollte.

Hinaus auf die nun leere Straße.

Herrn Bechingers Erbe

„Sind Sie vertraut mit den Antrittsbestimmungen?“, riss mich die Dame hinter dem Schalter aus meinen Gedanken und wiederholte auf mein verwirrtes Blinzeln hin ihre Frage.

„Entschuldigen Sie“, unterbrach ich sie und schaute mich um, „aber was meinen Sie?“

Von meiner Irritation wenig beeindruckt, setzte sie erneut zur gleichen Phrase an, wandelte sie aber für mich ein wenig ab.

„Sind Sie vertraut mit den Bestimmungen, um den Vorgang abzuschließen?“, frug sie nun und blickte mich ungeduldig an.

„Ich ... fürchte, ... ich verstehe nicht ganz“, stammelte ich zurück und spürte die Schamesröte in mir aufsteigen.

„Also nicht“, bemerkte sie genervt und griff nach einem Papierbogen aus einem der vielen Fächer neben sich und reichte ihn mir.

„Lesen Sie das durch, unterschreiben Sie den Bogen und geben Sie ihn da hinten im Büro ab", sagte sie und begann, an mir vorbei die nächste Person zum Schalter zu bitten.

„Aber ich verstehe nicht ganz ...", sagend, beugte ich mich zu ihr hinunter, was mir gemurmelten Ärger von hinten und einen giftigen Blick von der Frau am Schalter einbrachte.

„Nehmen Sie die Papiere, setzen Sie sich im Wartebereich hin, lesen und unterschreiben Sie die Papiere und bringen Sie sie dann nach da vorne." Sie deutete auf einen stoffverhangenen Durchgang am Ende der Halle. Erst jetzt wurde ich mir meiner Umgebung bewusst. Die dunklen Wände von steinernem Anthrazit, behangen mit enormen Stoffen in Purpur und Azur, die wie fließend zwischen kathedralen Fenstern aus lilanem Glas von der gewölbten Decke hingen. Das ganze Ensemble ließ mich prompt klein und kälter fühlen.

„Und nun machen Sie bitte den Platz frei!" Ich blickte wieder zu der Dame und besah mir den Schalter nun zum ersten Male. Wie konnte mir sein merkwürdig gotisches Aussehen, das sich in die kühle Komposition dieses Saales einfügte, nicht aufgefallen sein? Hinter schwerem, reich verziertem, dunklem Holz saß eine Frau, deren Züge zu jugendlich wirkten, um als alt zu gelten – zugleich aber war sie faltig und grauhäutig. Gekleidet in eine Bluse von dumpfem Weiß, blickte sie nun ungeduldig über den Rand ihrer Nickelbrille hinweg in meine unruhigen Augen, die springend nach irgendwelchen Anhaltspunkten suchten, die mir erklärten, wie es mich hierher verschlagen hatte.

Geräusche von geschäftigem Treiben stiegen mir in die Ohren und verdichteten sich. Unterhaltungen, Durchsagen, Rufe, Schritte, Pfiffe, polternde Karren, schleifende Koffer – sie alle wurden zu einem einzigen, durchdringenden Ton, der sich wattig in mein Ohr setzte. Ich blickte an mir herab und bemerkte in meiner Hand einen braunen Koffer. Doch das konnte nicht mein eigener sein, denn dieser hier war schwarz. In der anderen Hand hielt ich die Papiere, die mir die Frau soeben gegeben und nach denen ich automatisch gegriffen hatte. Ich trug einen geschlossenen Mantel und meine Stiefel waren poliert. Waren das überhaupt meine

Stiefel? Polierte ich denn meine Stiefel? Da griff mich jemand von hinten kräftig bei den Schultern.

„Na, kommen Sie mal mit", sprach mich eine freundliche Stimme rücklings an und schob mich vom Schalter weg und einer langen Reihe Massivholzbänke mitten im Saal entgegen.

Erst wollte ich protestieren, war jedoch auch froh darüber, dass mich jemand aus dieser unangenehmen Situation befreite und sich meiner annahm. Bei der Bank angekommen, drehte ich mich um und blickte in das blasse, hagere Gesicht eines jungen Mannes, der aussah, als habe dieser jahrelangen Hunger erlitten.

„Entschuldigen Sie", versuchte ich zu beginnen, doch der Mann unterbrach mich freundlich.

„Nichts für ungut. Ist schließlich nicht das erste Mal". Er deutete auf die Papiere, die ich immer noch in meiner Hand hielt und fügte hinzu: „Machen Sie sich mal deshalb keine Sorgen. Setzen Sie nur Ihre Unterschrift drunter, dann passt das schon. Hier sehen Sie." Der Mann zog einen Stift aus seiner Hemdtasche und reichte ihn mir hin.

Als ich ihn nicht prompt entgegennahm, entriss er mir die Papiere, unterschrieb an meiner statt und drückte sie mir zurück in die losen Hände.

„Damit gehen sie durch diesen Vorhang. Aber vielleicht setzen Sie sich erst einmal noch ein Weilchen hin. Sie wirken recht schwachbrüstig, wenn ich das so sagen darf. Guten Tag!"

So entschwand der hagere Mann und ließ mich verwundert zurück. Ich befolgte seinen Rat und setzte mich auf die harte Bank, um mich zu ordnen. Ein leichtes Zittern durchzog mich und ich merkte, wie meine Hände eisig und taub waren. Als ich mich setzte, spürte ich erst, wie sehr ich in den Achseln kalt geschwitzt hatte. Meine Schläfen pochten vor Anstrengung und Schwindel erfasste mich. In vorgebeugter Haltung saß ich da, meinen Kopf in den Handflächen vergraben. In dieser Pose verharrte ich einige Momente, bis ich nicht mehr das Gefühl hatte, gleich in Ohnmacht zu fallen.

Kurzentschlossen stand ich auf – ein wenig zu schnell, denn es begann, sich für einen Moment wieder alles zu drehen – und schritt, den Bogen in der Hand, durch die Halle, dem mir gewiesenen Durchgang entgegen. Ich ging vorbei an den anderen Menschen in Reisekleidung. Während sie mich, wenn überhaupt, unverwandt ansahen, beäugte ich sie wiederum voll Unsicherheit. Ihre Garderobe war aus der Zeit gefallen – so trugen sie Kleidung, die eher meine Eltern, wenn nicht sogar deren Eltern getragen hätten. Ich wunderte mich, amüsierte mich sogar ein wenig darüber, wo ich hier gelandet sei, und erreichte nun den steinernen Durchgang, der mit schwarzem Stoff verhangen war. Mich über diese Aufmachung in einem offiziellen Gebäude – denn für dies hielt ich die Halle nach wie vor – wundernd, trat ich hindurch und gelangte in einen dreimannshohen Korridor mit groben Steinmauern.

Anders als in der Halle war ich nun allein und kein geschäftiges Lärmen drang mehr an mich heran. Dafür roch ich Moderluft und spürte die kühle Nässe eines Kellergewölbes auf meiner Haut. Dem geschwungenen Korridor folgend, die Papiere an mich haltend und den fremden Koffer fest gepackt, marschierte ich eilig den Gang entlang und gelangte an seinem Ende an eine einzelne Tür, gerade groß genug, dass ein stehender Mensch mit Hut hindurchpassen würde. An der hohen Wand, die den Korridor so unvermittelt abschnitt, sah diese Tür umso kleiner aus, hätte sie schließlich an dieser mindestens sechsmal nebeneinander und dreimal übereinander gepasst.

Entschlossen, Klarheit über meine Lage zu erlangen, klopfte ich kräftig an der Tür, doch schon bei der ersten Berührung meiner Handknöchel schlug die Tür schlagartig auf, als habe sie ein Rammbock erwischt.

„Na, haben Sie es endlich auch einrichten können", begrüßte mich eine sonore Stimme, die mich in meiner Verwunderung über die Tür kalt erwischte. Vor einem Kamin, hinter einem großen Schreibtisch in einem geschmackvoll eingerichteten Arbeitszimmer saß ein Mann in seinen Sechzigern, mit zu einem Haarknoten gebundenen, langen, weißen Haaren und einem Zwicker auf der Nase.

„Nun kommen Sie endlich herein. Die warme Luft zieht auf den Gang hinaus", bat er im freundlich geduldigen Ton, ohne von seinem Schreibtisch aufzusehen. Auf diesem betrachtete er interessiert mit einer Lupe ein Tier in einem kleinen Glas. Als ich nähertrat, erkannte ich, dass es sich um einen Mistkäfer handelte. Tatsächlich war die Luft in seinem Zimmer angenehm warm und erst jetzt bemerkte ich so recht, dass ich fror. Ein kalter Schauer zog meine Wirbelsäule entlang und ließ mich kurz zusammenfahren.

Der Mann hatte seinen Blick auf das Tier im Glas gerichtet und begann zu sprechen: „Wirklich eifrig sind diese Wesen. Machen immer weiter, auch wenn es keinen Sinn ergibt. Kennen sie Sisyphos? Ich glaube manchmal, die Mistkäfer und er sind eins."

Ich war verwirrt und sah den Mann voller Unverständnis an, als dieser dann seinen Blick in meine Richtung wendete.

„Ich musste den Eindruck gewinnen, Herr Bechinger, dass Sie nicht ganz im Bilde sind, was

Sie hier machen", sprach er und sah mich direkt an.

„Sie ... Sie müssen sich ... irren", stammelte ich, denn mein Name war nicht Bechinger.

„Muss ich das?", entgegnete der Mann amüsiert. „Sie müssen sich zunächst einmal setzen. Bitte sehr."

Er wies mir den Platz ihm gegenüber an und ich setzte mich – den Koffer auf dem Schoß und meine Unterarme auf dem Koffer abgelegt, sodass ich die Papiere nun unweigerlich vor meiner Nase hochhielt. Nach ihnen streckte der Mann ruhig seine Hand aus und ich erkannte, dass er an jedem seiner Finger viele goldene Ringe trug.

„Dann möchte ich Sie mal von diesem Nonsens befreien", sagte er, als er den Papierbogen entgegennahm und ihn, ohne ihn zu beachten, hinter sich in die Flammen warf. Daraufhin blickte er umso freundlicher in mein fragendes Gesicht.

„Zunächst möchte ich Ihnen zu Ihrer Erbschaft gratulieren, Herr Bechinger. Wenigstens über die sind sie doch hoffentlich informiert?"

„Ich fürchte nein. Und – es ist mir ein wenig unangenehm, es Ihnen zu sagen, da Sie mich mit so viel Nachdruck für Herrn Bechinger halten – Ich fürchte, ich muss Ihnen sagen, dass hier ein Irrtum vorliegt. Mein Name ist Hansen und ich habe nicht geerbt. Meine bekannte Verwandtschaft ist entweder wohl auf oder bereits vor einiger Zeit dahingeschieden und Erbschaften von unbekannten Verwandten möchte ich direkt im Vorfelde abschlagen. Ich kaufe nicht die Katze im Sack, oder – viel eher – erbe ich ungern Schulden fremder Menschen.“

„Und doch erben Sie“, entgegnete der Mann sichtlich amüsiert. Er schien mit mir ein Spiel zu treiben, und ich fand es nicht lustig.

„Zumal ist es doch sicherlich nicht üblich“, antwortete ich scharf, „jemandem, der eine Erbschaft antritt, prompt zu dieser zu gratulieren, anstatt ihm, wie es der Anstand gebietet, zunächst sein Beileid über seinen Verlust auszusprechen, den ich – und das möchte ich noch einmal betonen – nicht zu beklagen habe.“

Mit dieser Spitze fühlte ich mich überlegen, hatte ich diesen suspekten Herren schließlich auf seine Pietätlosigkeit hingewiesen.

„Aber Sie haben, wie Sie bereits bemerkten, keinen Verlust zu beklagen, Herr Bech ... Herr Hansen, sondern lediglich geerbt. Statt also etwas zu verlieren, gewinnen Sie gewissermaßen etwas dazu. Das ist für mein Dafürhalten durchaus etwas, zu dem ich Sie gewiss beglückwünschen kann."

Kein noch so kleiner Hauch an Genugtuung oder Überheblichkeit schwang in der Stimme des Mannes mit, den ich nun umso skeptischer anstarrte.

„Und wessen Erbschaft trete ich an?", fragte ich verdutzt.

Der Alte entgegnete, während er sich gelassen in seinem Schreibtischsessel zurücklehnte und den Käfer im Glas verspielt in den Fingern drehte: „Natürlich das Erbe Herrn Bechingers."

Nun war ich endgültig verwirrt: „Ich denke, ich bin Herr Bechinger."

„Ich denke, Sie sind Herr Hansen", antwortete der Mann amüsiert und blitzte mich mit lachenden Augen an.

„Da müssen Sie mit sich selbst wohl noch einig werden, aber Sie sind da schon auf dem richtigen Wege."

Er lehnte sich wieder vor, stellte das Glas mit ausgestrecktem Arm weit von sich ab und sah mir tief in die Augen.

„Sie müssen wissen, dass Sie mal Herr Hansen waren. Doch was Sie erben – denn ich gehe davon aus, dass dies Ihre nächste Frage gewesen wäre – ist nichts Materielles. Zumindest nicht in erster Linie, obgleich Sie auch vieles an Besitz übernehmen werden. Aber was Sie von Herrn Bechinger erben, ist viel mehr als sein Vermögen, Haus, die Bibliothek oder Garderobe. Nein! Sie, mein guter Mann, erben sein Leben. Fortan sind also Sie Herr Bechinger." Ich hielt dies für einen schlechten Scherz.

„Wie soll ich das Leben dieses Fremden erben, wenn es nicht um den Besitz geht? Ich bin nicht Herr Bechinger, ich bin Herr Hansen und habe keinerlei Geschäfte mit dieser Person."

„Sie missverstehen mich, Herr Bechinger. Sie waren mal Herr Hansen. Als dieser waren Sie verheiratet, hatten zwei Kinder, Ihre beiden Schwiegereltern, die mit in der großen Wohnung in der Stadt lebten, Ihre Anstellung in der Redaktion und einen schönen Wagen, den Sie gerne am Sonntag ausfuhren". Ernst stand er auf und kam um den großen Schreibtisch auf meine Seite.

„Doch Herr Bechinger ist nicht Herr Hansen. Sie sind nicht Herr Hansen. Mit der Erbschaft des Lebens von Herrn Bechinger nehmen Sie seinen Platz allumfassend ein."

„Das bezweifle ich stark", protestierte ich, „Wie Sie schon richtig erkennen, habe ich als Herr Hansen bereits ein erfülltes Leben. Und nichts gibt diesem Herrn Bechinger das Recht, mir seines aufzuzwingen. Ich habe kein Interesse, das Erbe eines Unbekannten anzutreten. Und mit dessen Leben können Sie mir gestohlen bleiben! Ich möchte nicht mehr mit dieser Sache behelligt werden und empfehle mich nun!"

Aufgebracht erhob ich mich und wandte mich zum Gehen.

„Wohin möchten Sie denn jetzt aufbrechen?", fragte mich der Alte überlegen.

Ich blieb stehen und entgegnete: „Selbstverständlich nach Hause zu meiner Familie."

„Ich befürchte nur, dass es für Verwirrung sorgen würde, wenn Herr Bechinger zur Familie Hansen käme und sich für Herrn Hansen ausgäbe", schmunzelte der Alte und brachte mich somit zur Weißglut.

Ich schrie ihn an: „Nun lassen Sie mich mit diesem Humbug in Ruhe! Ich bin nicht Herr Bechinger! Ich bin Herr Hansen, verdammt noch eins! Ich habe Frau und Kinder! Schwiegereltern, die bei uns wohnen! Arbeit in der Redaktion und mein Auto! Und ich habe keine Lust, mich auf Ihr verhohnepipeltes Spiel einzulassen! Und nun: Guten Tag!"

Ich kehrte ihm den Rücken zu und stapfte zur Tür

Meinen Aufbruch belustigt beobachtend riet mir der Mann im väterlichen Ton: „Bevor Sie gehen, sehen Sie lieber einmal in den Koffer hinein. Dann können Sie immer noch reißausnehmen."

Entgegen meinem Drang, diesen verwunschenen Ort schnellstmöglich zu verlassen, ließ ich mich auf seine Bitte ein und kniete mich neben den Koffer, um ihn zu öffnen. Gereizt warf ich dem Mann einen säuerlichen Blick zu und öffnete klackend die Scharniere des Koffers. Nebst einiger knitteriger Hosen und Hemden befand sich im Deckel des Koffers ein kleiner Reisespiegel. Das Gesicht, was mir aus ihm entgegenblickte, versetzte mich in Grauen und Schrecken. Das war nicht mein Gesicht. Anstelle meiner braunen Haare, dem Schnurrbart und den blauen Augen, blickte ich in das grünäugige Gesicht eines glattrasierten Schwarzhaarigen, dessen runder Kopf nicht die geringste Ähnlichkeit mit meinem kantigen Kinn hatte.

„Sie sehen nun, Herr Bechinger, dass Sie mitnichten Herr Hansen sind", sprach der Alte milde, während er wieder das Käferglas in der

Hand hielt und sich neben mich hockte. „Freuen Sie sich. Sie erben ein schönes Leben. Und das eine ist doch so gut wie das andere. Als Chronist arbeiten Sie in einer herrlichen Grafschaft, wohnen in einem gepflegten Haus, haben treue Freunde. Ihr Tod kam jedoch ungelegen – Sie hatten Ihre Arbeit noch nicht vollendet. Und Sie wissen sicherlich, dass jede Geschichte ihr stetes Ende braucht. Deshalb musste ein Nachfolger gefunden werden. Die Wahl fiel auf Sie, Herr Hansen – vermutlich, weil Ihre Redaktion einst von Herrn Bechingers berühmten Chroniken berichtete. Ich gratuliere zu dieser Wahl."

Der Alte nahm mich bei den Händen und richtete sich mit mir auf. „Herr Hansen wird ein vortrefflicher Erbe Herrn Bechingers sein, dessen bin ich mir sicher. Und um Herr Hansens Leben ... Nun, Sie wissen ja selbst, dass es diese Leben gibt, die bloß gelebt, und jene, die es wert sind, aufgeschrieben zu werden."

Und nach einer kurzen Pause des Schweigens, denn ich war zu überrumpelt, etwas zu entgegnen, fügte er hinzu: „Ich hoffe, Herr Hansen ist bereit dazu. Schließlich bleibt ihm wohl auch keine andere Wahl. Und nun leben Sie wohl, Herr Bechinger. Und kümmern Sie sich dieses Mal etwas früher um Ihre Nachfolge." Mit diesen Worten entließ er mich.

Mich, Herrn Bechinger.

Die langen Schatten der Sonne

Lange ist es her, dass ein Philosoph an einem Lagerfeuer saß und ihm des Nachts ein Reisender Gesellschaft leistete. Dem Lagerfeuer näherte er sich und fragte, ob es dem Fremden recht sei, wenn sich ein müder Wanderer zur Nacht zu ihm geselle. Es sei bereits spät und im Dunkeln wage er nicht, sich weiter über die Aue zu schlagen.

Den Menschen zugewandt, wie er so war, hatte der Philosoph nichts einzuwenden und als sie beisammensaßen, erkundigte er sich, was der Reisende hier draußen treibe. Dieser erwiderte, dass er auf der Suche sei.

„Also nicht nur ein Reisender, sondern ein Suchender", bemerkte der Gelehrte schnell. Auf die Frage des anderen, welchen Unterschied es mache, ob er nun Suchender oder Reisender sei, entgegnete er: „Der Reisende weiß meist, wohin der Weg ihn führt, doch weiß er nicht, was er auf ihm finden wird. Der Suchende wiederum weiß meist nicht, wohin sein Weg ihn führt, doch was er auf ihm zu finden hofft."

„So bin ich doch eher beides", sprach der Reisende. „Ich bin auf dem Weg nach Auerswerder, der Liebe wegen, und wünsche, auf dem Weg die Hoffnung zu finden."

Von dieser Antwort angetan, fragte der Philosoph gleich nach: „Liegt deine Hoffnung nicht in der Liebe, dass du sie zu finden brauchst?"

„Dem wäre so, hätte ich die Hoffnung der Liebe nicht verloren. Ich reise in Trauer um die Liebe zurück in meine Heimatstadt. Meine Liebe hat mich verlassen. Gestorben ist sie, und nun leide ich arge Bedrängnis. Die Familie wird mich verbannen, da ich versagt habe. Nun wandle ich im Dunkeln und egal, was ich zu tun vermag – beschmutzt ist jetzt mein Antlitz. Gezeichnet von Pein und Tod. Entstellt von Schuld und Zweifel."

Das verstand der Philosoph nicht recht und ließ es sich erklären: „Sie starb, ehe wir uns das Ja-Wort gaben. Tuberkulose. Der Todeshauch. So schön sie auch durch ihn wurde, so kalt ward ihre Umarmung und so dunkel nun meine Welt. Du musst verstehen, dass meine Familie große Not durchlebt. Die letzten Jahre waren nicht recht nachsichtig mit ihr. Ihrer Familie wiederum waren die Jahre sehr gewogen. Du kannst dir nicht die Freude ausmalen, die diese Verlobung ausgelöst hatte. Doch all das ist nun vergangen – der Sonnenschein der Hoffnung, die Wärme ihres Seins. Dunkelheit. Kälte. Sie sind an ihre Stelle gerückt. Ich verließ meine Familie als Hoffnungsträger und kehre ohne Hoffnung heim. Verwirkt scheint mir mein Lebenszweck, der es doch war, die Meinen zu ernähren. Ihnen Ehre zu bringen, auf dass sie nicht in Armut leben. Eine Zukunft ihnen zu gestalten.“

Das rührte den Philosophen sehr, und nachts, als der Reisende nun schlief, bedachte er weiterhin dessen Problem. Als zu früher Stunde der Reisende im Morgenrot erwachte, weckte er den Philosophen.

„Gekommen ist der Morgen nun. Ich danke dir für Speis und Trank und dass du dein Gehör mir liehest.“ Da ergriff der Philosoph seine Hand und wusste ihm eine Antwort zu geben. „Nein, ich danke dir, dass du mich teilhaben ließest an deinem Leben. Du siehst: Auch ich bin ein Suchender. Ich habe, anders als du, kein Ziel, doch suche ich nach Erkenntnis. Und durch dich habe ich eine gewonnen, an der ich dich teilhaben lassen möchte, denn so, wie sie aus deinem Problem erwuchs, ist sie vielleicht die Antwort, die du zu hören brauchst.“

Er erhob sich und stellte sich neben den Reisenden. Gemeinsam sahen sie der jungen Sonne beim Steigen zu.

„Siehst du, da hast du deinen Sonnenschein, den du glaubst, verloren zu haben“, begann der Philosoph. „Es ist Hoffnung, die du suchst. Die Hoffnung aber ist ein fieser Trick, denn sie baut immer auf Bedingungen auf. Sind sie erfüllt, ist die Hoffnung schön, und man nennt sie Zuversicht. Doch sind sie es nicht, nennt man Hoffnung schnell Verzweiflung.“

„Ich fürchte, ich versteh nicht recht. Du meinst, mein Problem war, dass ich Hoffnung gesucht habe?“, fragte der Reisende verblüfft und sah nicht recht, wie ihm dies helfen sollte.

„Sieh es so: Deine Hoffnung glaubst du verloren, weil die Heirat, die deine Familie retten sollte, nicht zustande kam. Die Zuversicht aus diesem Plan lag im Zusammenschluss eurer Liebe. Jetzt, wo dir der Tod die Versprochene nahm, wandelt sich deine Hoffnung in Verzweiflung. Deshalb glaubst du deine Hoffnung verloren. Doch sage ich dir: Du hast die Hoffnung nie verloren!“

„Wie ist das zu verstehen? Und wie erklärst du, dass viel lieber ich das Leben mir nehmen will, als die Schande heimzutragen? Mein Leben ist verwirkt. Mein Glück gestorben wie die Frau, die ich so liebte.“

„Es tut mir leid, du irrst. Dass du verzweifelst, liegt einzig daran, dass du immer noch aus der Hoffnung schöpfst, mit der du deine Heimat verlassen hast. Das macht sie ja so vergiftet. Sie lässt uns ausmalen, was hätte sein können. Mehr noch, sie lässt uns denken, was vielleicht immer noch sein könnte. Doch baut sie immer auf Prämissen. Doch das, mein lieber Freund, ist es, was dich lähmt. Statt ins Handeln zu kommen, suchst du die Hoffnung, die dir das alles erst eingebracht hat.“

„Und was glaubst du, sollte ich jetzt tun, da ich verzweifle?“

„Ich weiß sehr wohl, dass es viel verlangt. Besonders, wenn dir das Leben so dringlich wird und dessen Sorgen sich häufen. Doch schöpfe nichts als Zuversicht, wenn du von den Prämissen lässt, die dich verzweifeln lassen. Erkenne, was ich glaube, erkannt zu haben: Wenn du deinen Lebenszweck an eine einzige Sache hängst, setzt du dein Glück diesen Prämissen aus – heftest es an Bedingungen, die erfüllt sein müssen. Werden sie es, bist du vom Glück erfüllt. Werden sie es aber nicht, erscheint das Leben dir nichts mehr wert. Doch hier irrst du dich. Nehmen wir dein Beispiel: Du sagst, dein Zweck sei die Rettung deiner Familie vor der Armut. Die Bedingung für diesen Zweck war die Hochzeit mit einer reichen Tochter. Da diese Bedingung nicht erfüllt ist, bist du unglücklich und verzweifelt. Was aber, wenn es gar keine Schmach ist? Denn was du erlebt hast, war das Leben selbst. Sieh es im Namen selbst: Die Hochzeiten und tiefe Zeiten gehören zu jedem Leben. Wir dürfen nur nicht daran verzagen, wenn die schlechten Zeiten überwiegen.

Sieh die Sonne aufgehen, wie sie den Mond vertreibt und dennoch lange Schatten wirft. Bedenke das Lagerfeuer, an das du dich gestern gesellt hast, das auch in dunkler Nacht dir Licht spendete. So ist das Leben selbst. Mal erscheint es hell, mal erscheint es dunkel, doch immer gibt es Licht und Schatten – nur nicht immer gleichermaßen. Was du tun musst, Reisender, ist das Suchen aufgeben und dir einen Sinn zu geben. Selber! Immer wieder! Nicht immer bietet sich deinem Leben jede Möglichkeit. Nutze die, die sich dir bietet.

Sei zuversichtlich, denn dir widerfährt das Leben. Ich erkenne nun: Es geht nicht darum, wofür du lebst, sondern dass du lebst! Sobald du deinem Sein einen Zweck zu geben versuchst, läufst du Gefahr, enttäuscht zu werden. Und aus diesem Loch sich hochzukämpfen, ist ein schwerer Weg. Und du wirst immer wieder in diese Löcher fallen. Was du dir auch vornimmst. Ob du nun vom Hoffen lassen willst oder nicht. Du bist ein Mensch. Du wirst Fehler machen. Du wirst hoffen und verzweifeln. Doch mache nicht den Fehler und mache davon dein Leben aus. Das Leben hat nur den Sinn, gelebt zu werden, nicht an ein Ziel zu kommen. Ich denke, ich sehe es nun ein."

Ohne eine Antwort abzuwarten, wandte sich der Philosoph vom Morgen ab und ging selig schweigend die Aue entlang. Zurück ließ er den Reisenden, dessen Blick in die Sonne gerichtet war.

„Vielleicht", dachte der Reisende still, „verstehe ich es auch."

Die Träume des Heinz Heinrich Dieks

«Lies mich, wenn es dunkel wird!», schrieb er auf das Titelblatt, ehe er die Seiten band und hoffte, dass das Päckchen sein' Besitzer fand. Lange fort war er von der Heimat. Jung noch und doch nicht mehr der Junge, der er bei der Mutter war. Nicht der Knabe, der auf der Schulbank saß. Nicht mehr der Jungspund, der die Mädchen ärgerte, um ihnen am Ende doch noch einen Kuss zu entlocken.

Nicht mehr das Heinzel, das mit Müllers Eckhardt und Schulmeisters Jule Räuber und Gendarm auf der Heide nahe der Mietskaserne spielte. Die Heide gab es nicht mehr – und nur noch Teile der Mietskaserne. Es gab auch nicht mehr den Hein, wie ihn seine Freunde nannten, als er mit der Mutter in den Norden zog. Hein, der sich im Hafen die Schiffe ansah. Hein, der die Matrosen so faszinierend fand, als sie rauchend von Bord und später betrunken durch die Straßen gingen. Nicht mehr der Hein, der sich dachte, dass einer dieser Männer vielleicht doch sein Vater sei, der so früh fortfuhr und nur nach Jahren ein Brief der Rederei zurückkam, der die Mutter zum Weinen brachte. Er war nicht mehr Heinz Heinrich, der ins Seminar nach Mainz gehen und auch nicht mehr der junge Mann, der Priester werden sollte. Auch Dieks, wie ihn seine Kameraden einst nannten, war er längst nicht mehr. Er war manchmal, so erzählte er es seinen Freunden, nicht einmal ein Name mehr.

Doch immer schon war er ein Träumer. Er träumte oft und unliebsam. Als Kind schon war es der Mutter ärgste Arbeit, den kleinen Heinz nachts zu beruhigen, dass der Alb ihn – wach nun – nicht mehr fassen konnte. Doch schlafend griff er stetig an. Der Alb, das formlose Ungeheuer, schlich sich nachtens an ihn heran und sandte seine klebrigheißen Fäden durch die Augen in den Kopf des kleinen Jungen. Zog heraus die schöne Lust, das gute Leben. Fraß sich satt an des Jungen Glück und ließ als Unheil es zurück.

Schon immer träumte Heinz und immer waren es Albträume. Der Alb lebte so beständig in

ihm drin, dass er ihn bald als Freund empfand; er
fast bestürzt wirkte, wenn er doch mal fehlte. So
beklemmend war der Schlaf, dass er das Wach-
sein so sehr schätzte. Und umso stärker war die
Liebe zu dem Wesen, das ihm diesen Schmerz be-
scherte.

Dies erklärte er der Mutter so, dass das
Glück umso höher stand, je tiefer er im Schlaf ver-
sank. Denn sobald er die Angst gekannt, den
Schmerz erlebt und die Furcht gespürt, ihn dies
leichter durch das Leben führte. Denn er wusste:
Auch aus tiefster Nacht war er stetig wieder aufgewacht. Und je verheerender der Alb im Schlaf den
Seelengrund des Jungen traf, umso wacher war
der Heinz, wenn er den Alb wieder abgestreift. Eines Tages bemerkte er, war der Alb ihm nicht mehr
Schmerzensbringer,   sondern   Hoffnungsstifter.
Denn er lernte früh, dass nach jeder noch so tiefen
Dunkelheit am Morgen ihm die Sonne schien. Und
dass, wenn er Trost in all dem fand, die Angst vor
der Dunkelheit verschwand.

So erzählte Heinz im Schmutz des Grabens den Kameraden jedes Mal, wenn er erwachte, was er des Nachts geträumt. Und er erklärte, dass die Angst, wenn man sie kennt, an ihm nun nichts mehr fruchtbar fänd'. Und so schrieb er die Geschichten auch der Mutter und dem schönen Julchen, sie zu trösten.

Umso größer war der Schmerz, als er wieder zu Hause lernte, dass seine Briefe ins Leere liefen. Zu grausam war der Alb zu ihnen, als sie ohne den Heinz Heinrich schliefen. Und so waren es bald die Träume und der liebe Alb, die ihm die Wirklichkeit so erträglich wirken ließen. Er wusste schließlich, dass alles, was er in den Träumen fand, verschwand, sobald er aufgewacht. Doch der Verlust, die Verletzung, die tiefe Wunde wog so schwer, dass Heinz im Wachen sich wünschte, bald wieder einzuschlafen. Wusste er schließlich, dass in der Dunkelheit des Albs für den Moment der wahre Schmerz verschwand.

Dankbar war er dem grausam' Wesen, das ihn wieder nach Haus' gebracht und danach am

Leben hielt. So tröstlich der Alb für ihn, so verheißungsvoll war er für die anderen, die die Geschichten des Heinz Heinrich Dieks anfingen zu lesen. Der Herr Dieks, der nach all den Jahren zwar kein Priester, doch Verleger war, schrieb oft und gerne jene Träume auf, in denen er die rechte Ordnung fand, dass sie auch ein Fremder gut verstand. Und wenn dieser ihm dann sagte, wie viel Freude es ihm machte, die Geschichten oft zu lesen, erfüllte es Herrn Dieks mit Wärme und versöhnte ihn immer mehr mit dem Leben. Er lernte auf diese Weise, wie viel Gemeinschaft in der Einsamkeit, wie viel Nähe in der Dunkelheit und wie viel Freundschaft im Schmerz lebte – und dass, so einsam der Schmerz auch war, er nie mit ihm allein sei. So sammelte er seine Geschichten und heftete sie unter des Mutters und des schönen Julchens altem Manuskript, dessen Titelblatt ihn jeden Abend mahnte

«Lies mich, wenn es dunkel wird!»